MISHIMA YUKIO

三 岛 由 纪 夫

作品系列

新恋爱讲座

译者=曹艺

MISHIMA YUKIO

三岛由纪夫

上海译文出版社

目录

新恋爱讲座

第一讲　西方的恋爱与日本的恋爱 / 3

第二讲　白日梦 / 11

第三讲　初恋 / 19

第四讲　恋爱与幻想 / 25

第五讲　血气方刚惹的祸 / 31

第六讲　同性恋 / 37

第七讲　嫉妒 / 43

第八讲　爱与同情 / 51

第九讲　性的学校 / 57

第十讲　恋爱的技巧 / 63

终结的美学

婚姻的终结 / 91

电话的终结 / 95

流行的终结／99

处男的终结／103

女文员的终结／107

敬意的终结／111

学校的终结／115

美貌的终结／119

书信的终结／123

演出的终结／127

旅程的终结／131

吵架的终结／135

个性的终结／139

理智的终结／143

礼仪的终结／147

相亲的终结／151

钻石的终结／155

工作的终结／159

梅雨的终结／163

英雄的终结／167

嫉妒的终结／171

兽性的终结／175

世界的终结／179

致青年武士的精神谈话

致青年武士 / 185

何谓勇士 / 193

何谓礼仪 / 197

关于肉体 / 201

关于信义 / 205

论快乐 / 209

论羞耻心 / 213

论女士优先 / 217

关于服装 / 221

论长幼之序 / 225

论文弱书生 / 229

论努力 / 233

新恋爱讲座

第一讲　西方的恋爱与日本的恋爱

我们常说"谈恋爱",事实上,它并不是出于本能的异性相吸(就像动物那样)。人类的恋爱和动物的恋爱不同,要受到历史、社会、环境等种种因素的制约。男女相恋,这场恋爱便反映着全人类的历史和文化。我们诞生于历史的潮头,站在众多前人的肩膀上,身后是无数的文化源流,同样的,恋爱也绝非天上掉下来的陨石,它也是受到制约的。在这里,我把恋爱大致分成古希腊的恋爱、基督教的恋爱、日本的恋爱三种,分开来讲。

西方的恋爱大体是前两者融合的产物。当今的日本人阅读西方的小说,欣赏西方的电影,方方面面受到西方文化的影响,恋爱观也不例外,西方的影响颇大。说起来,爱这个词本身就译自英语的"love"。"love"包含了西方的恋爱观,和日本的恋爱终究是两样的。

古希腊的恋爱出现在基督教的恋爱之前,柏拉图在他的哲学著作《会饮篇》中讲得明白:所谓爱,就是我们的心灵被美的事物所吸引。说起来有点怪,在古希腊,几乎不存在男女之间的恋爱。与男人交欢的女人全是妓女。妓女当中也存在有涵养的人，但很少有男人和妓女谈情说爱，顶多是逢场作戏。至于婚姻，那是用来繁衍子孙的，而非恋爱的产物。用现在的话来讲，古希腊的恋爱是同性之爱，与美少年谈恋爱，所以柏拉图口中的美，指的是美少年的美。众人皆有爱美之心，原因在哪里？这是因为，人都想追求自身所缺乏的东西，或者更美好的事物。美好的事物不仅在美的程度上胜过自己，并且具备自身所缺乏的东西。最后，柏拉图的结论是，爱是人类求知求真的过程。

柏拉图在著作中大谈爱的精灵厄洛斯。厄洛斯是个中庸者，介于极有智慧者和没有智慧者之间。极有智慧者的智慧近乎神，当然不再追求智慧，而没有智慧者满足于自身的无知，无意提升智慧。厄洛斯介于两者之间，追求更高境界的、更美的、更好的东西，当然还有真理。这个动机潜藏于人的心灵，爱产生于斯。举个例子，见到美少年，就会想获得这个尤物，进而盼望更长久地乃至永远地把他据为己有。这就是爱。爱的境界逐步提升，起初只是想获得他的肉体，进一步扩展到超越肉体的精神美，继而追求起精神世界中真正美的东西（比如道德、真理等）。爱的对象如果是人，那么一般的恋爱就会从肉体美提升到精神美，就此完结。倘若有心将这份情感永远留存，那么爱就会投向艺术作品或者英雄伟业之类的事物上去。

柏拉图有一位很有智慧的女性友人第俄提玛，关于通往爱的真谛的正道，她有这样一番言论：从日常的个别的美开始，为了寻求最高级的美而攀升，只是把这些作为台阶，从一级走向二级，从二级走向所有美的形式，从美的形式走向美的实践，从美的实践走向美的观念，直到从美的观念处得出绝对美的概念。古希腊人的观念大致如此。

显然，这与我们心目当中的恋爱不同。根据柏拉图的观念，男女相恋和我们爱学问、爱知识，进而成就伟业，动机是完全一样的。欧洲有多种多样的哲学，根源都在于厄洛斯，而日本人从来就不这么认为。在日本人心目中，恋爱与哲学、伟业是截然不同的。儒家道德非常强调这一点。儒家道德、武士的道德认为所谓的恋爱并非人类精神活动的根基，而是一种非常低贱的东西。

基督教在古罗马产生，在欧洲已经传播了两千多年，任何欧洲的恋爱，都有浓重的基督教色彩。在欧洲，几乎无法想象脱离基督教的恋爱，除此之外只剩肉欲。基督教意义上的爱，完全剔除了古希腊人观念中的欲望。它是完全脱离肉欲的，是彻头彻尾的精神上的东西，肉体的欲望被当做丑恶的而遭到摒弃。正因为它是精神上的爱，所以对他人的爱不单单指向恋人，还必须惠及可恶的邻人、最仇恨的敌人等。换句话说，基督教的爱就是脱离普通人所具备的动物性的欲望。如果人由着自己的欲望行事，当然不可能爱嘴碎的邻人，也不可能爱敌人（不是应当仇恨乃至诛之而后快的么）。基督教观念中的人类的理想，是人类完全脱离动物性的欲望，只有这样，人才能走向真正的爱。

然而，随着时代变迁，基督教也产生了多种形式。欧洲的恋爱在本质上仍然继承上面说的观念，但也披挂上了种种装饰，其中最为核心的，我认为是圣母崇拜。不是崇拜基督，而是崇拜圣母。圣母马利亚处女受胎，没有经过男女交合而产子——基督徒对她的爱逐渐凝结为对所有女性的一种理想。这表明，宗教的情色性是去除不掉的。基督教的修女说不定会爱上男儿身的耶稣基督,男性基督徒也会不自觉地爱上女儿身的马利亚。所以说,圣母崇拜是潜藏在欧洲人的恋爱根基当中的。

这一点在骑士精神当中体现得淋漓尽致。骑士必须真心实意地向女主人效忠而不求回报。这种奉献是绝对的,就好比对方是神,身为男人,就得献上真心实意的甚至牺牲自我的爱。我认为,骑士侍奉女主人时的心情,与对待圣母时的心情没什么两样。其结果,就是既遵循基督教的原则,远离欲望,同时也向最高级的美(虽然"美"这个词是被基督教嫌弃的)献上自己的真心。时至今日,这一点仍然存在于欧洲的恋爱当中,对于女性的憧憬归结为对马利亚的崇拜,进而演进为这样一种恋爱方式——抑制自身的欲望,献出最大的真心,甚至不惜生命。

这种恋爱方式与古希腊的恋爱方式相比较,差别很大。古希腊人首先认同人的欲望,讲究净化、升华欲望。古希腊人认为,人不是动物,也不是神,但同时既是动物,也是神,因此不能否定人的动物性,但要有设法提升自我的志向。而基督教意图从根本上否定人的动物性,认为动物性全是坏的,全是有罪的,全是恶魔造的孽。人的动物性,只有在以结婚的形式繁衍子孙的时候才能得到净化。所以天主教的教义认为,一切不以繁衍子孙为目的的性行为都是不正常的,所以人一旦结婚,就绝不能离婚。可是人的欲望如果不加以约束,会导致各种婚外情,对此天主教是坚决反对的。

压制动物性欲望——这种极端的恋爱观在欧洲由来已久,从另一个侧面说明,欧洲人的动物性欲望是非常强的。与日本人相比,欧洲人体格健硕,欲望也强。当欧洲人意识到欲望会横行肆虐,进而毁灭自身的时候，他们害怕了，这时基督教便产生了。我敢说，基督教这种否定欲望的宗教在欧洲这么吃香，恰恰从反面证明了欧洲人是动物性很强的人种。

这么看来，我们日本人的恋爱呈现一种杂糅的形态：日本自古以来的恋爱、欧洲舶来的恋爱，一股脑儿混在一起。且看，某洋里洋气的青年，就像崇拜圣母马利亚一般崇拜自己的恋人，再看，某兽性十足的青年，根本不去谈一场像模像样的恋爱，一门心思发泄自己的兽欲。这就是当今世道。

然而回顾历史，可以发现日本人的欲望不像欧洲人那么强烈。古时候日本人不吃兽肉，欲望淡泊，体格也不如欧洲人那般五大三粗。日本人纵然释放少许欲望，也不会担心它以具有破坏性的形态出现。描写日本人最为健康的恋爱行为的文学作品当属《万叶集》。《万叶集》中的情思并没有欧洲乃至古希腊的恋爱所具备的哲学背景。它所呈现的，是古老的大和民族自然生发的肉欲融入淡泊温雅的心绪或细腻绵柔的生活情感。或叙离愁别绪，或宣重逢之喜，都是淳朴天然的情感流露。

我觉得，大约是在平安时代，日本人心目中的恋爱逐渐呈现明确清晰的形态。从古至今，日本人的恋爱从来都没有过哲学背景。恋爱出自本能的自然流露。这一点和古希腊相似，但往后就不同了。古希腊人把恋爱同哲学联系起来，加以净化后形成一种世界观。日本人没有这种思想。对于日本人而言，恋爱，就是本能加情感。情感在日本非常发达，它没有往哲学或者其他方向发展进化，而仅仅在情感自身的领域里愈演愈烈。所以说，日本人所谓的恋情，说得露骨些，无非是上床的欲望。这份欲望经过日本人诸多细腻情感的美化加工，就形成了日本的恋爱。

说起日本花花公子的代表人物，当属《伊势物语》的主人公在原业平。这里聊一聊《伊势物语》等和歌物语的诞生背景。当时有一类人，喜爱风流，对恋爱和艺术同样上心，是情场高手，也是艺术专家。他们是平安时代各种女性文学、恋爱文学的主人公。日本的和歌也把抒发情思摆在最重要的位置，这成了后来一切小说和日记最根本的主题。不可否认，《源氏物语》的大主题"物哀"当中也存在种种佛教思想，然而观其根本，我们可以看见恋情升华为纯粹的情感后的终极形态。另一方面，除了恋爱，伟业、政治、思想、哲学等也逐步成型。在平安时代，男子所作的文章大体上与恋爱无关——当然，也有像《源氏物语》开篇"桐壶之卷"所据的《长恨歌》这样的作品——在政治、思想、军事等领域，文章都是用汉文写成，于是乎，男人的世界便与恋爱隔绝，与情感隔绝，一套仅适用于男性的道德体系就成了时代之需。

在西方世界，男人绝对要爱女人，爱女人的必须是男人。然而在日本，男人与恋爱无关，恋爱是女人的事情，就如同情感和艺术。男人的世界则牢牢限定在政治、军事、道德等方面。男女截然分开。排除女性的男性道德的极致，便是武士的道德。受儒家思想影响的武士道德极度贬低恋爱。江户盛世三百年，日本人没有恋爱的哲学，儿女情长被认为是阴柔懦弱的表现，所以描述恋爱、歌颂柔情的是市井文学，而非武士所为。江户时代，近松门左卫门所作净琉璃最是歌颂男女之情，然而就连他本人也鄙视自己创作的恋爱戏码。他所看重的，是描写人物忠勇性格（也就是男性必备的道

8

德）的历史剧。在江户时代，恋爱要么被情感所净化（就像近松门左卫门笔下的恋情），要么发展成彻头彻尾的寻欢作乐。当时享乐文化之繁盛，现在简直无法想象。烟花巷文学盛极一时，男欢女爱极尽风雅之能事，只不过其中是不存在恋爱的。

明治维新时，欧洲的恋爱观涌入日本。这当中有前面提到的基督教的恋爱观，也不乏古希腊的恋爱观，这样一来，在日本人的精神世界里，三种恋爱观搅和在一起。豆蔻年华的少女，她们幻想的恋爱是什么情形呢？电影中所描绘的美妙恋情，或许不过是一些低俗的情感，但西方的恋爱即便在电影中呈现庸俗的形态，也是兼具了基督教的原罪意识和马利亚崇拜。这些东西有潜移默化之功，令我们在心中绘就恋爱的图景。话说回来，当今的日本人已经没有古人的闲情逸致，仅仅凭借情感的力量去美化净化恋爱。大忙人谈恋爱等同于上床泄欲，根本没空把玩情感。有的人即便得了空闲，也不会像古人那样思考如何仅仅凭借情感的力量去消化恋情，而是将欧洲的恋爱观生搬硬套，结果是徒劳。以往，西方的浪漫主义文学在日本没有市场，但由浪漫的恋爱观所引发的悲剧却自明治时代起屡有发生。

所以我们必须思考一些问题：日本人的恋爱形式是怎样的（虽然我们不能人为造就）？日本人将怎样去思考恋爱？我们心目中的恋爱包含哪些元素？举个例子，我们家的太郎很喜欢邻居家的花子。既然用了喜欢这个词，那么太郎就已经背负了恋爱这个全人类的大问题，而且他绝不是像动物一样去爱花子，而是作为一个人。那么，作为人，他该如何去爱呢？恋爱会把他扒个精光，展现他的真情实感。那么他的真情实感又将在怎样的背景之下去爱花子呢？这就涉及恋爱道德的问题。

第二讲　白日梦

　　我本想用一棵植物的生命周期来比喻恋爱——萌芽、开花、结果、枯萎……挨个谈过去。不过这次，我打算用"白日梦"作为题目。

　　拿珍珠来讲，任何珍珠都有核。珍珠蚌分泌珍珠质，将核包裹起来，就形成了珍珠。恋爱也是一样，起初需要有一种类似珍珠核的东西。人工养殖的珍珠，珍珠核是人工植入的贝壳的小碎片，天然形成的珍珠，珍珠核则是小砂小石之类的玩意儿。有不少光鲜亮丽的恋爱，起初也跟珍珠一样，源于不足挂齿的微末动机。恋爱一般是无意识的，不少描写恋爱心理的小说经常拿不经意间发生的恋情说事，人物根本不知道自己已经陷入爱河了。

　　比方说 A 心里有 B 小姐，A 不觉得自己喜欢 B。但是和 B 待在一块，就有种莫名的幸福感。B 的一个微笑，就能让他幸福一整天，若和 B 分开，他便提不起劲头工作，或是没来由地陷入忧郁，两人同乘一辆车，手的不经意触碰也会在 A 的心中掀起波澜——可 A 就是没觉得自己喜欢上了 B，根本没有意识到情愫的萌发。他觉得自己的生活跟往常一样，或喜或悲，只不过哪里稍微有点不对劲。这就好比有一个走时不准的钟，或快或慢，钟的主人一头雾水，拿去钟表店修理，钟被拆解，这才真相大白——可见旁人的点拨很有必要。当然也有自己悟通的，这种情况和这一讲的主题"白日梦"刚好相反。

一般情况下，恋爱这种东西不会以如此纯粹的形态产生。在我看来，恋爱最自然的形成方式是在潜意识深处生成，不知不觉间占据了生活的全部。我觉得这才是恋爱形成的真相。不过我接下来要谈的是另外一种情况。

我们的初恋，大体发生在十七八岁的青春期，但在那之前还有一个阶段。在这个阶段，情愫很难以一种不被自身所察觉的形态存在，尤其是那些生活在大城市、受电影和小说种种刺激的少男少女。在初恋之前，谁都有一个做白日梦的阶段。关于这一点，哲学家克尔恺郭尔在他的论文《论唐璜》里写过。歌剧《费加罗的婚礼》中有一个名叫凯鲁比诺的侍童，爱慕伯爵夫人。他处在白日梦的阶段，认为自己坠入了爱河，神魂颠倒忘乎所以。克尔恺郭尔说凯鲁比诺处于恋爱的最初阶段，并且对此下了定义——"幻想的热恋"。

我们即便进入了青春期，也很难将自身的本能诉诸对方。我们尽管有一种隐隐约约的渴求，但自己还太年轻，无法将它诉诸特定的某个人。果断采取行动吗？那么接下来该怎么办？求婚吗？一者自己还没有成年，二者没有钱。再说这个年纪的人哪里懂什么恋爱技巧——这就是青春期的状态。然而，对异性一门心思的渴求，令我们浮想联翩。

就拿我自己的经历来说，我上中学二年级（或许是三年级）的时候，我家的女佣有心戏耍我，出了一个鬼主意。她说有一个女孩子，叫桃子。至于是否确有其人，我是不知道的。女佣告诉我，桃子喜欢我。我问女佣桃子是个怎样的女孩，答曰是个美少女，想给我写信，但写不出来，便拜托她来转达对我的倾慕。事后我才知道，女佣大娘特别喜欢捉弄像我这样的中学生，专门虚构出一个女孩子，说她想见我，试试我的反应。中学二年级的我，竟然全盘相信了女佣的一面之词。我做起了白日梦，在脑子里描绘起桃子的样子。说来挺不好意思的，那阵子我每天写诗，献给她的诗我就写了五首（诗名都叫"桃"），从一到五编上号，委托女佣一首一首交给她。那些诗女佣每次都说亲手交给她了，我猜测都被她扔掉了。后来我觉察出有些古怪，便不写情诗了。回顾当时的心理状态，我的爱慕之心并不依赖真实的对象，它是凭空成立的。人到了青春期，就会感觉周身的世界和孩提时代截然不同了，完全是另一个世界。我们在小时候坦坦然生活在一个唯我独尊的世界里。孩子貌似害怕孤独寂寞，其实不然。孩子觉得自己是世界的中心，无法感知别人的世界，他的世界里只有他自己。一帮捣蛋鬼玩在一块，他们很快就会把这个小圈子当做整个世界。然而到了青春期，孩子就会意识到在他的周围存在着大人的世界，一个属于别人的世界。这个世界在他心目中越来越大，与自身的小世界之间隔着一条超乎寻常的鸿沟。他会觉得大人的世界高高在上，压根儿不把自己放在眼里。自己有心涉足那个世界，但它充满了敌意，把自己排除在外——这时，少年将初尝孤独的滋味。

这里说的青春期，差不多就是十九岁上下的少年。最近看了一部电影叫《伊甸园之东》，当中有一个由詹姆斯·迪恩饰演的角色卡尔，真是把青春期少年的孤独心理表现得淋漓尽致。这个卡尔深信自己是个爸爸不疼妈妈不爱的人，没有大人在乎他，所以他有理由憎恨他人。他想错了，人们必须相亲相爱才能活下去，不管以何种形式。这样的世界乃是在别处。他企图与那个世界对抗，以致悲剧连连。

所以说在少年时代，人的内心同时存在对周身异质世界的反抗和模仿，它们的能量相同，相互碰撞。有的人成为小混混，有的人成天与父母作对，有的人成天与老师作对，这些都是反抗的表现。要说模仿，就是强迫自己幻想出一个属于自己的孤独的藏身之所。总而言之，他所能做的，对外必须表现为反抗、斗争，但孤身一人在家的时候，他只能在孤独中幻想。在这时，白日梦的状态便产生了。具体来讲，在少男少女眼里，大人们都在享受恋爱。即便是最不幸的恋爱，当中也有不为自己所知的快乐。看那些以悲剧收场的恋爱，假想自己参与其中，当然也会难受想哭，可是看看现在的自己，连体验难受想哭的机会都没有，实在可恼。少女喜欢看以悲剧收场的恋爱小说、恋爱电影，她们在这种悲情中做自己的梦，梦见自己的幸福。这种行为正体现了少男少女模仿的本能，也就是想方设法体验大人世界的情感。

我来分析他们的心理。一方面，他们会觉得：不会有人爱我的，我还小，还是个孩子，连自己一个人下馆子吃饭都不行，零花钱也少得可怜，怎么会有人爱我呢？另一方面，他们也会这么想：如果我喜欢对方，对方不可能不喜欢我。这种心理从何而来呢？原来，他们虽然自以为是一个不足以被人爱的存在，然而一旦全力以赴去爱，对方总有一天会加以回应，自己虽然没有谈恋爱的资格，但只要恋爱一次，便会得到所有资格——世界要么是零，要么是全部，要么拥有大人世界的一切，要么一无所有，没有中间状态。这就是他们的心理。

于是，他们期待某个特定的人出现在自己眼前。但是，几乎没有异性搭理自己。更糟糕的是，少年往往觉得和自己年龄相仿的少女太过刁钻，缺少温柔，少女也觉得和自己年龄相仿的少年太幼稚，没内涵，所以他们会爱上比他们年长的异性。年长的异性的确是要温柔有温柔，要宽容有宽容，能够包容自己——然而少男少女们不明白，这种情感到底是不是恋爱呢？把年长的人当做自己的恋爱对象，现实情况往往是止于幻想，总也迈不出第一步，于是他们开始编织一段故事。

说起恋爱的幻想故事，可以分成几种。第一种，近水楼台先得月型。比如爱上邻居 B 先生，把他当做恋爱对象。

第二种，爱上不可及的人。比如下面这种情况：少年对一位年长的女士一见钟情。这位女士和自己生活环境不同，住处也不同，总之极度不般配，再者，他只是偶尔看到这位女士，而对方从来没拿正眼看过他。这种类型的恋爱有一个条件，即对方是自己不可及的存在。爱上触手可及的人很简单，首先要选择不可及的人物作为恋爱对象。这其实是异性恐惧的一种变形，可望而不可即，反倒安心自在。他自知难以成为对方现实生活中的恋人，便编织出幻梦，在幻梦中与之相恋。这便是第二种情况。

第三种更是极端，那就是爱上电影明星或小说的主人公之类半真实半虚构的人物。电影明星是一种职业，成天表演恋爱的场面，观看电影的人便产生了一种被银幕中人爱慕的感觉，其实不过是虚幻的影子。至于小说的主人公，根本就不存在于这个世界。爱上这类虚构人物的便是第三种类型。

即便是同处于做白日梦的阶段，不同性格的人，做的白日梦也各不相同，大体上分为以上三种类型。

第二种类型，爱上不可及的人，完全是自己的心理活动，幻梦终将破灭。而第一种，近水楼台先得月型，我想在这里分析一番。

恋爱不是说离得近就会发生的。我们有自己的好恶，大美人也可能在某些人眼里毫无魅力，而大丑女也可能在某些人眼里就很有魅力。身边的人刚刚好就是自己喜欢的类型，这种情况可以说是很难得的。再者，没有人天生就有好恶的标准，有的人以母亲的形象为标准，有的人以早夭的姐姐形象为标准，往大了说，理想的异性形象并不只是个人的偏好，而是他的列祖列宗、他所属的民族世世代代积累沉淀所形成的——总而言之，理想的异性形象是有某种原型的。初恋阶段，原型逐渐成形，而在初恋发生之前的白日梦阶段，需要有一个人充当原型的胚胎。

有的年轻人这么想：自己已经十六七岁了，学大人谈场恋爱吧。比如有一位 A，选择离自家最近的邻居 B 子（或是 B 君），之后贸贸然把对方当做恋爱的对象。渐渐地，他（她）会觉得 B 是爱着自己的。照此发展下去，就会进入初恋阶段么？不尽然。在真正的初恋发生之前，人在体会到初恋的痛苦之前，会经历一个轻松愉快的阶段。既然初恋也是一种恋爱，或以失恋告终，或者仅仅证明是自己的一厢情愿，当事人必然体验悲伤和痛苦。而做着白日梦的人，实际上是不知道恋爱的痛苦的。一切都在自己内部解决，故事在幻想中收场，过程中只有暖洋洋的喜悦，没有痛苦悲伤。A 实际上是无能的，反倒觉得自己是全能的。渐渐地，A眼中的B不再是现实生活中的B，而是他（她）幻想中的B。但是，A还不至于直接向对方表白，况且还有可能遭到拒绝，这种局面必须避免……在A的恋爱白日梦里，一切都是称心如意的。

恋爱初期是人与人的相互碰撞，有可能遭到拒绝，遭到拒绝者也有可能不屈不挠——总之，初恋再清纯，那也是人心的争斗。然而在做白日梦的阶段，这种争斗并不存在。他（她）还做不到把对方拉到自己身边，也做不到和对方在现实当中面对面。这种状态很难过渡到初恋，我认为，初恋发源于某个偶然的动机，人与人之间、异性之间相互碰撞，进行一场面对面的对决，初恋便从中萌发了。

做白日梦的少男少女处于非常幸福的幻梦之中，人与人之间还没有发生碰撞，不过是孩提时代的延长罢了。随着年龄的增长，他们会意识到，恋爱绝非白日梦，而是双方精神生活的邂逅和相互碰撞，要从对方身上有所索取，自己也要主动付出一些东西，否则恋爱是无法成立的。当他们意识到这一点，白日梦的阶段就宣告结束了，或者说，人生第一段幸福的时光就此告终。长大成人，就意味着人不能只生活在自己的世界里，要考虑如何处理和别人的关系、如何把别人纳入自己的生活。人与人之间的关系，或者说社会关系，成立的先决条件是承认他人的存在。人终究会意识到，关系尚未建立的状态，是人生第一段幸福的时光。然而人一旦意识到这一点，就会变得不幸了——因为那当中只有自己的世界崩塌了，自己必须独自去面对别人的生活。从此，一种叫初恋的东西从中生发萌芽，初恋产生了，初恋的种种悲苦也将随之而来。这部分内容留待第三讲。

第三讲 初恋

经常听到有些人吹牛,说自己三岁的时候就初恋了,或上小学的时候就初恋了。其实这些所谓的初恋都不是真正意义上的初恋。当然了,有的人在小时候别说初恋,他们甚至经历过露骨的性游戏,这显然也不能称之为初恋。我所说的初恋,是上一讲中介绍的白日梦的下一个阶段,是人生大事件。我们在学校里学过不少东西。就拿中学来说,我们会学习历史、地理、物理和数学等。至于这些知识教养和人生之间有怎样的关联,我们不懂。又比方说,老师在性教育课上教给学生关于性的各种知识,那也不过是单纯的科学知识,和数学、物理一样。学校里学的、书本上读到的东西,将和自己的人生建立起一种怎样的关系?在什么地方可能发生碰撞冲突?我们还是不懂。另外,中学生有中学生的苦恼,比如:活着有什么意义?生而为人有什么意义?自己的将来应该是怎样的?长大后会成为怎样的人?总之,苦恼多得不得了。这些苦恼和自己现实的人生又有什么联系?还是不懂。在我看来,把这些东西和自己的人生一举联系在一起的,就是初恋。

说得玄乎点,初恋就是人一举发现了下面这些:自身肉欲和自己人生的相互碰撞、相互结合，自身肉体和精神的第一次碰撞，朦胧生发的性欲和慢慢习得的理智之间发生的重大关联。所以说初恋是人生大事件。且看初恋萌发前人的心理，少男少女将人生一分为二来看待，就像背阴处和向阳处，井水不犯河水，美和丑也是截然分开的。这是少年特有的洁癖，一味追求美的东西，在其中稍稍发现了丑恶，便立刻感到绝望，有的人甚至要自行了断。生命萌发出一种动力，帮助少年们逾越"非美即丑"的人生态度，将相反的矛盾的事物统一并融入生命的机制中，这种动力就是初恋。初恋过程中，以往觉得丑恶的事物将在美好的事物中得到净化，以往觉得至美至纯且超凡脱俗的事物也将融入凡俗之中，我们将第一次体悟人生的意义。

　　说到初恋的对象，从常识来讲，男女同校的条件下往往是同班的异性，或者是别的学校的学生，或者是朋友的兄长或姐姐等比自己年纪大的人。坠入情网者往往不可自拔，控制不住自己的感情。在这里举一个特例，青梅竹马两小无猜的两个人之间萌发初恋，我感觉这个过程最为神秘。各位知道，存在主义哲学给恋爱定了性，他们认为恋爱是指向"他人"的，假如对方身上不存在"他人"的因素，恋爱将不会萌发。从这点说开去，从这个意义上来讲，古时候原始民族、当今土著部落之间发生战争，结果必然以掠夺女人告终。归根结底，敌人对于该民族、该部落而言，就是"他人"。对于"他人"，除了燃起争斗的欲望，也燃起恋爱的欲望，便劫起色来。原始形态的战争就像是一场恋爱，一场民族间的恋爱，无非是因为其他民族对于本民族而言是"他人"。

　　且看日本和美国，为什么经历了一场大战，日本女人和美国大兵反倒容易黏乎到一块儿？我说的日本女人不单指私娼。要我说，美日两国交战，其结果是在对方的异性中发现了真正的"他人"，恋爱就此萌芽。这一层原因非常大。所以在战争结束后，不同民族之间的联系反倒加强了。文化和恋爱其实很像，战争过后，两国的文化交流会非常热络。正因为文化具备一种"情欲"，所以日本和美国在对方身上发现了"他人"之后，便产生一种与之结合的冲动。二战后的美国，日本的花道、茶道、和服、家具等等大行其道，反观日本，现在的日本有多美国化，各位想必也是看在眼里。

发现"他人"是恋爱最初的心理活动，青梅竹马一同长大的男女当然不知道这些。在白日梦的阶段，发小之间反倒难擦出爱的火花。假设A子和B君是发小，到了做白日梦的阶段，两人都必然不会选择对方作为恋爱对象，在幸福的白日梦当中，两人必定是各自找寻梦中情人。然而，初恋也会渐渐在这两人身上萌芽。以前是两小无猜的和乐日子，女孩子邀请男孩子过家家，男孩子玩打仗游戏，把女孩子抓起来当俘虏——总之两人亲密无间，堪比兄妹，见不到对方便觉得孤单，而见了面就东拉西扯起来，从来没说过恋爱的甜言蜜语。即便如此，他俩还是相互喜欢的。一切是和平的，无忧无虑的。他们深信，人生就是这么一回事，人与人互敬互爱，融洽和睦。然而，就在初恋发生的一瞬间，套用刚才的那套理论，少男少女突然在对方身上发现了"他人"——这可是颠覆三观的惊人发现。刚刚还是和和气气地打着交道，两人之间赫然出现了一条巨大的鸿沟。少男少女发现，鸿沟这边，是我，鸿沟那边，是一个未知的存在，以前的A子B君，一转眼就成了"我"和鸿沟对面某个未知人物的对立。于是矛盾和斗争便发生了。

从这个意义上来讲，初恋并不是世人心目中幸福的、如梦幻般的体验，而是人生的第一次不幸。说是不幸，从更高的层面看，结果并非不幸，但总归是初次体验不幸的感觉。一直以来，心有灵犀的两个人之间突然无法沟通了，听不懂对方的话了。以前见面，我说"天气不错"，你答"是呀"，我说"真冷呢"，你答"嗯，真冷"，顺顺当当的，现在见面，我连一句"天气真好"的招呼都说不出口了，而此时你说了一句"天气真好"，我心想：她在说什么呀，是在找茬吗？似乎又不像……你我明明都是人，如今却听不懂人话了。两人的笑，两人的泪，两人的话语，全都变得不明不白，令人摸不着头脑。初恋的一方尽管有着和对方结合的强烈冲动，他（她）会觉得自己说的每一句话都会被对方曲解，谈吐也变得毛毛糙糙，不像先前那般流畅顺利。话说回来，这时两人之间的吸引力前所未有地强。为什么以前和睦亲密的一对人会被如此强大的力量拉扯到一起？这是因为，他们在对方身上发现了"他人"。

有人说初恋完全是精神上的东西，这种言论是荒谬的。如果没有"情欲"（这里用这个比"性欲"更宽泛的概念）这个潜藏于深层的动机，初恋的心理是不会产生的。初恋的双方只能以一种非常笨拙的姿态开始他们的恋爱。双方都没有经验，谈起恋爱来笨手笨脚，险象环生。误解在两人心中堆积，爱着对方，却无论如何也不明白对方也爱着自己。典型的初恋就是这样的。且说如果一方是经验丰富的人，另一方的初恋将会是另一番情形。如果对方很爱自己，那也没什么问题，可如果对方不以初恋的感情来爱自己，自己却以初恋的感情爱着对方，问题就来了。在这种情况下，初恋的结局取决于对方。假设有一位成熟男性，感到少女爱着自己，他为少女的将来着想，巧妙地加以引导，令这份感情无疾而终，成为美好的回忆，那么这个少女肯定能在将来找到适合自己的人。但如果对方趁机玩弄了少女的感情，把她的人生搞得一团糟，那么等待少女的，将是有生以来头一遭可怕的绝望。总而言之，两条路通向的都是幻灭。初恋的少男少女会渐渐明白，即便对方是好人，他（她）也不会像自己爱对方那样爱自己。前一种情况，对方凭着良心对待自己，也无非是因为对方比自己成熟，把自己当做小孩子，妥善加以引导罢了。再说后一种情况，对方是坏人，那么自己的初恋必将遭到玩弄甚至蹂躏。抑或两人都是初恋，谈起恋爱来都很笨拙，即便幸福地走入婚姻殿堂，谁又能保证这两个笨手笨脚的家伙会一直幸福下去呢？我说的都是丧气话，但初恋的确只存在这三种结局，难怪大人们都说：初恋的人还是分手来得幸福。

唯一一种不以分手告终的情况，就是有经验的一方呵护没经验的一方，以一种人生导师的态度诱导对方，直到步入婚姻殿堂。可以说是幸福地修成正果。然而，我们假设年长的一方是男性，男人往往无法自始至终妥善扮演丈夫或人生导师的角色，所以随着感情加深，男人往往会把女方培养成任其摆布的玩偶。再来看对于人生差点就开窍启蒙的少女，幸福的婚姻反而有可能令她堕落成易卜生所作《玩偶之家》中的娜拉——一个备受呵护的"玩偶"。所以从这个意义来说，初恋也是破灭了的好。

只不过，没有人会一开始就盼着自己失败，除非他是傻子。初恋也是一样，一路突飞猛进，心里祈祷有个好结局，过上幸福的生活。我们总是梦想着良好的愿望、正确的思想、美好的憧憬必将给自己的人生带来成功，在人生道路上奋勇向前。然而初恋给我们当头第一棒，它告诉我们，人生不如意十之八九。这就是我说初恋是人生大事件的原因。

　　人在一生当中，单凭良好的愿望、正确的思想、美好的憧憬，是无法成功的——有的人因此绝望，一蹶不振。不得不说这种人前途堪忧。更有甚者，放弃一切，自甘堕落，那就是一文不值的废人了。有的人经历初恋后感到幻灭，仍然咬紧牙关挺过去，以积极的态度面对人生。初恋的价值，就在于它是人生的试金石，强韧与否，一试便知。

第四讲　恋爱与幻想

谈起恋爱论，最广为人知的我以为是司汤达的《论爱情》。司汤达把恋爱分为七个阶段：赞赏、幸福的空想、希望、恋爱、第一次结晶、怀疑、第二次结晶。司汤达说前两个阶段有的人会经历一年之久，而第三到第七这几个阶段很快就度过了。司汤达的恋爱论最显著的特征，就是所谓的"结晶"——把树枝伸进萨尔茨堡的盐水池里，上头很快就附着盐的结晶，过一段时间，就会变得如水晶一般晶莹剔透。司汤达以此为例，说明恋人的身姿在幻梦中变得美丽，并反复提到，这是恋爱最大的动机。

情人眼里出西施。他人看来毫无价值的东西，对于自己而言却是世界上无可替代的珍宝。有人以悲观的态度看待这种恋爱的心理，认为恋爱不过是错觉而已。法国小说家普鲁斯特认为，恋爱和疾病一样，可以诊断，也可以分析。他的恋爱小说写得非常悲观：一厢情愿的恋爱必然以绝望告终；被爱者即便是微不足道的存在，在情人眼里也是美丽的，然而一旦爱情消逝，他（她）就立刻成为一文不值的残砖破瓦。普鲁斯特在他的小说里把司汤达的学说推向了悲观的极端，其实司汤达的恋爱论并不悲观。司汤达相信"热情"。他认为，人类最崇高最宝贵的情感就是热情，只有拥有热情，活着才有价值。他鄙视法国人缺乏热情，认为意大利人才是理想的人类。而普鲁斯特不相信热情，悲观地认为恋爱都是虚妄的，是一种病态。

我没有像普鲁斯特那样把恋爱想得那么悲观。为什么这么说呢？如果恋爱是一种错觉，那么人生也是错觉。觉得某个女人、某个男人很靓很帅，动了爱慕之心，这跟人从工作中发现了美，从而倾注全部的热情来完成它是一回事。比如在山中小木材厂干活的人，把他的工作当做毕生的事业，倾注所有热情，度过了充实而有意义的一生。反观个别身居大都市的富翁，衣食无忧，应有尽有，以至于人生没了盼头，在不幸中了结一生。如果把这些全都归为错觉，那么恋爱是错觉工作是错觉，活着全都是错觉，人生哪还有梦想可言？活着哪还有意义可言？从这个意义上讲，普鲁斯特的思想是可悲的，病态的。

在这里，我也想谈一谈恋爱为什么会美化人生，或者说它有什么致幻的成分。司汤达在他的书里举了一个悲剧性的例子：一个姑娘，听说一位名叫爱德华的男青年将要复员，而且此人一表人才，虽然未曾谋面，姑娘已经倾心于他。有一回她去教堂，见到一位陌生的男青年，恰巧听到有人叫他"爱德华"，便认定他就是心上人，爱上了他。不料一周之后，真正的爱德华回来了，当然不是她在教堂见到的那位，这令她脸色发青，痛苦非常——被自己的幻想所蛊惑而认错了人，这种事经常发生在坠入爱河的人身上。况且，恋人虽然相爱，但双方的心理活动还是千变万化的。没有秘密的恋人将会失去魅力，因为这会剥夺我们的想象力。所以相爱的双方总在做一些矛盾的事情——总是从对方的话中求证对方是否真的爱自己，然而一旦爱情得到证实，心动的感觉瞬间便消失了。人们像是在拼命追求真相，然而一旦掌握了真相，爱情或许就消失了。

各位读者大概都想过要破坏这个年龄段常有的对恋爱的美好憧憬吧。人与人之间的信赖，并非恋爱的真正要素。单就信赖而言，友情深厚的朋友之间的信赖更强。相濡以沫的老夫老妻之间的情感，从信赖的角度来讲，也远比恋人之间的情感深厚得多。说到底，恋爱需要"谜团"。对方亲口说出"我爱你"，并不代表他（她）真的爱你。再极端一些，即便在肉体上寻求证据，有时候也无法证明他（她）真的爱你。说起来人类很可悲，即便不爱，也能用肉体来蒙混过关。这一点不光是男人，女人当中也存在这种情况。人类和动物不同，灵和肉是分离的，人类的恋爱想必就是在这灵肉分离中形成的。如果人类只能像动物那样，用肉体来表达好恶，那么恋爱将不会产生。人是有灵魂的，即便用灵魂去求证，也无法用肉体来求证；即便用肉体去求证，也无法用灵魂去求证。恋爱萌发自这种人类特有的分裂状态，是人性的特征之一。

热情的法则和理性的法则不同，倾向于自欺，所以谎言也不再是谎言，真相也不再是真相。这么看来，如果世上真有聪明的恋爱，那么只有不爱对方这一种可能。一个人假如不爱对方，而仅仅是被爱，即入了随心所欲之境，整个世界在他（她）看来就像一幢全透明的玻璃房子，没有盲点，没有秘密。再来看奉献出爱情的那一方，他们都成了傻子，全世界漆黑一团，自己什么都不知道，什么都看不明白。A和B两人谈恋爱，有一方是一厢情愿，对于一厢情愿的一方而言，世界是一个大谜团，而对于另一方而言，世界是透明的。那么，这种状态会一直持续下去吗？很有趣，答案是否定的。再自恋的女性，也无法长时间忍受"只是被人爱却不爱别人"的状态。常有集万千宠爱于一身的美女不可自拔地爱上普普通通的男子，原因就在于：一味地被人爱，身处随心所欲之境，并且洞察一切，倒令人觉得空虚绝望，盼着自己的世界重新布满谜团。而那些一厢情愿爱着别人的人，一旦觉得爱得太累，也会盼望有人一厢情愿地爱着他（她），自己得以休息。

可见在恋爱中，爱的一方和被爱的一方有时会互换立场，转换角色。不过世上有一些人往往充当前者，有一些人往往充当后者，这也是没办法的事情。比如美女，天然是被爱的一方，而丑男，往往不招人待见，一厢情愿地爱着别人，所以恋爱的悲剧往往在丑男和美女之间发生，最后陷入绝望。不过，也并非丑男就没人爱。有一部美国电影叫《君子好逑》，说的就是美女爱丑男的趣事。欧内斯特·博格宁扮演的男主人公马蒂是一个长相丑陋的男子，自知没人会爱上自己，最终却体味了爱情的喜悦。这个大众所喜闻乐见的故事在青年当中很常见。且看献出爱情的一方，可以说是封闭在自己的硬壳当中，一旦得知对方也爱自己，说不定就没了兴致。这一点也被屡屡提及。说一段我在一份女士的手写稿中读到的故事。这位女士深深爱上了上门诊疗的大夫，每当大夫上门，她都会坐立不安，心脏怦怦跳，翘首期盼大夫出现。有一天大夫来了，不巧她手头正好有活要干，走不开，便让大夫在客厅等着。大约过了十五分钟，她进了客厅，只见大夫忽地站起身，急匆匆朝她走过来，满脸期待的神色。她见到大夫这副满足的表情，忽然感觉无比讨厌，从此便不再喜欢这位大夫了。这个例子体现了恋爱的不可思议之处。

她爱的是原封不动的大夫，一旦发觉对方对自己有意，那份爱意就烟消云散了。可以这么说，恋爱的人心中总有两个念头在搏斗，一个试图吸引对方的目光，另一个想努力维持现状。

人常言"相亲相爱"，真的有"相亲相爱"吗？俗话说，恋爱总共只有十分，一方奉献六分爱，那另一方只有四分爱。一方只给出三分爱，另一方就得爱七分。如果事实果真如此，那么双方各爱五分的情况可能存在吗？人是不断变化的，各爱五分的状态不会长久。这个过程就像是狐狸和貉子斗智，看谁能骗过谁。所以说双方要维持各爱五分的状态，必须要有高明的技巧甚至是骗术。举个例子，B男爱A女，而且B是个花花肠子，他自知无法保持同样的状态一直爱A，因此感到不安，为此他找了C女当情人。他其实不爱C，但有了C这个情人，他便可以恒久地保持对A的爱情。可能这么说有点怪，应该说B是有自知之明的人，他用这种办法维持着对A的忠诚。

这个例子反映了人类心理的奇妙法则。在恋爱当中，人的坦诚和真心很难一概而论。有不少新娘在婚后一五一十地向老公坦白以前交过的男朋友。这算是坦诚么？我表示怀疑。这些坦白恐怕会令老公一直苦恼下去。她确实讲了真话，那只是忠于她自己，而忠于自己未必就是忠于爱情。这正是人心的怪谬难解之处。我的观点或许有些过激，我想说，在恋爱当中，所谓诚实是对对方的诚实。说得再直白露骨一点，所谓诚实，就是如何令对方长时间保持美好的幻想。说到底，诚实并不是把自己的真心硬塞给对方，而是抛弃自我，为对方着想。本着这个初衷，谎言也会变成真心话。比如对方认定自己是个踏实淳朴的男人，自己还偏要展现丑陋的另一面，这能说是诚实吗？或许，主动去营造自身踏实淳朴的形象，才是真正的诚实。在恋爱中，打破对方的美好幻想以示自己真实无欺，这种想法很有问题。所以说恋爱的双方互相探测真心，也不能一厢情愿，由着自己的性子来。恋爱不是小孩做的事情，而是大人做的事情，所以谎言也是为最美好的目的服务的。这么说来，谎言这种东西，在恋爱当中反倒带上了最诚实的意味。

第五讲　血气方刚惹的祸

我最近听到这样一件事。一对年轻的公司职员谈恋爱，两人非常相爱，对彼此非常忠诚。终于到了谈婚论嫁的地步，小伙子回老家去，求双亲同意他俩的婚事。他出生于农村的大户人家，双亲谨守传统，认为这门亲事门不当户不对，不予批准。可是就在他回老家之前，姑娘已委身于他。当然，此前肉体上的危机已经不止一次两次，姑娘也想给他，但转念一想，为了两人着想，还是等到结婚后吧，便没有应承。后来小伙子要启程返乡，姑娘心想一个多礼拜不能见面，心一软，便没能抵挡住男友的热情。

小伙子从老家回来，非常沮丧，不知道该如何是好。父母不同意，单凭两人微薄的薪水是过不了日子的。姑娘本以为男方父母会应允的，现在期待落了空，很是伤心。接下来除非诉诸非常手段，否则两人是结不了婚的，然而又下不了决心。说来也怪，两人迷惘无助的时候，再次发生了肉体关系。姑娘向公司里的女前辈哭诉，而我就是从那位女前辈嘴里听说这个故事的。当时女前辈是这么评论的：第一次也就算了，第二次就属于莫名其妙了。

对此我表示反对："第二次委身于他更是必然，难道不是吗？"

当时男女双方陷入深深的绝望，不知如何是好，如果在这节骨眼上，男方不再向女方索要身体，女方必然会有一种受辱的感觉。男方铩羽而归，从此不再提出要求，女方恐怕会以为男朋友是早就盘算好了要和自己分手的，如今在老家受了挫折，便不再亲近自己了。所以对她而言，男朋友再一次向她索要身体是值得高兴的，必然会想要加以回应。站在男方的立场上，他如果真心爱自己的女朋友，即便这次挫折令他决心动摇，令他对自己的生活感到不安，也不会就此疏远一度委身于自己的心爱的女人。我告诉那位女前辈，第二次的喜悦应当大于第一次。

这一讲的题目是"血气方刚惹的祸"，第一次的确是过错，第二次就不能称之为过错了。然而社会上总喜欢用"过错"这个轻率的词来概括肉体关系——婚前性行为，都是过错。

这是十分庸俗低级的观念。花花公子圈子里有一句话，女人若献出嘴唇，身体跟着就黏过来了。这当然是极度侮辱女性的言论。姑且不谈献出嘴唇，献出身体可谓是女性最高级的表达信任的方式，绝不能用过错这个词简单打发了。进一步讲，如果又一次发生了性行为，我觉得只能用纯粹的爱的表达来解释。社会上对于肉体关系的看法，特别是年轻女性对此的看法，真令我匪夷所思：有人以一种非常悲情的动机献出自己的身体；有人在第一次献出身体之后，觉得将来一旦被男人抛弃，便是覆水难收，有了破罐子破摔的心态；有人怀有一种奇怪的报恩心理，觉得男人对自己不错，必须用身体来回报才行；还有的人认为只要守身如玉，不管从男人那里得到多么贵重的礼物，都不属于卖身行为……种种光怪陆离的观念，其实和以庸俗低级的"过错"这个词来概括肉体关系的大众心理互为表里。

我认为，男人当然要对女人负责，而女人也要对自己的身体负责。具体讲就是女人应该忠于自己的肉体，抛弃悲情。我这么说或许有些极端。女人委身于真正爱的男人，即便爱情没有修成正果，也不应当自毁前程，或者破罐子破摔，和男人滥交。早年有一种处女崇拜，根植于把婚姻看做私有财产的观念和某种宗教观念，认为只有处女才是合格的结婚对象。其实女人委身于男人，并不意味着她有了瑕疵，无论委身多少次，肉体都会恢复新鲜，都能重新开始一段新的纯洁的恋情。肉体一度堕落，精神也可能复苏。年轻人过度重视肉体，以至于认为肉体一度堕落的人，再也达不到崇高的恋爱境界。我觉得这是脱离现实的感伤主义。从这个意义上讲，毫不觉得自己可悲可怜、屡次麻木地和多个男人发生关系的不良少女，和成天幻想与陌生人谈恋爱的少女，两者是半斤八两，都属于感伤主义者。

在前四讲当中，我们讨论了各种各样的恋爱。谈恋爱必须谈及肉体，所以肉体上的危机总归还是有的。由肉体所引发的悲剧，就如韦德金德在剧本《青春的觉醒》中所描写的狂放任性的青春期性游戏，最终导致一个人的死亡——少女文德拉被面子上挂不住的母亲逼着堕胎，结果惨死。为了避免类似的悲剧发生，我在这里提出几点建议，主要站在女性的立场上。

如果心上人提出那方面的要求，自己该怎么办呢？一般认为，在婚前是不可以的。然而有的时候男人欲火攻心，自己也把持不住。谈一谈我所知道的一个例子，某男青年有心上人，一和她见面就冲动得不行，于是他在约会结束后，就慌慌张张跑去花街柳巷，和那里的女人睡觉。下一次见面，又感觉自己不对劲了，就去花街柳巷解决……女方或许会觉得他背叛了自己，而我确信他的感情是真挚的。男人的生理特性生来如此，在冲动来袭时，为了保全女方的贞洁，就去找了妓女——一种剔除了人格的存在。对于男朋友的这种行为，女方当然会吃醋，认为他肮脏龌龊，但是站在男人的立场上，这种行为并没有背弃爱情。

我可不是在教唆各位用这招去解决问题。不过话说回来，妓女是客观存在，如果那位男青年充分考虑了染病等不良因素，那么他的做法倒不如说是理性的。假设他深爱自己的女友，一方面又难以遏制自身的欲望，以至于和另一位女性（此人不是妓女）有了肉体关系。这种情况下，精神之爱和肉体之爱将就此决裂，对于女友的精神之爱或许就淡化了，转而渐渐沉迷于肉体之爱中去。从这个意义上来讲，这位男青年通过找妓女，巧妙地化解了灵肉分离的风险。男人处理性欲还有一个办法——自慰。百分之九十八的男人都在自慰。自慰无害，差不多已经得到公认，但女人还是会觉得很肮脏。女人的心理是矛盾的。一方面，女人希望男人对自己奉献出纯洁的爱情，另一方面，一旦男人在别处排解性欲，女人又会觉得这是对她的背叛。

且说如果男方把肉体之爱和精神之爱一股脑儿朝自己抛过来，自己没能招架住，男方也没能把持住，那么血气方刚的两个人就有可能"犯错"了。在这种情况下，女方当然会拼命抵抗，守身如玉。毕竟姑娘们都害怕怀孕，也害怕被男人抛弃。然而有的时候我会想，只是出于对怀孕的恐惧而拒绝男人，真的会给女人带来幸福吗？喜欢阅读小说的人经常会读到这样的故事——男人得到了女人的身体便立刻腻了，不再爱她；深爱的男人想要的只不过是她的身体，之前各种海誓山盟，一朝得手，马上就翻脸走人……这类例子在个人问题咨询中屡见不鲜。其实，单用这种眼光去看待男性是有失偏颇的。真正有担当的男人，即便犯错，也会负责到底，对她的感情会越来越深，之前因为没有肌肤之亲而无法突破现实当中的障碍，也可能会因此获得勇气一举突破。比如之前因为生计问题而无法结婚，经历了肌肤之亲，小伙子或许会鼓起勇气克服一切困难，和女友一起步入婚姻的殿堂。我觉得这种男人才是正常的男人，这样的做法才是自然的做法。

虽然说拒绝婚前性行为是处女的道德之一，但我假设有一位姑娘失了身，她或从此看破人生，或草率地认定男人尝到了甜头就肯定会离她而去，从而一味指责男人，追究他的责任——她一旦这么做，男人说不定真就离她而去了。通过这件事情，就能看出女人在爱情上的智慧。

有一部电影叫《河娘泪》。一个女工和小混混相好，一度发生肉体关系，无知的她便逼着小混混和她结婚，要求这要求那，然而男方年纪尚小，追求自由，对于女方一会儿要求买缝纫机，一会儿又要漂亮的厨房，不胜其烦，最终甩手走人。大家想必都会同情女工，不过从男性的心理上讲，女工要是稍微有点脑筋，结局也不至于到这般田地。

在这一讲里，我给"犯错"的人出了主意。然而，如果姑娘不得已委身于所爱的人，那也别太当回事。切不可指责男人，把一切归咎于他，否则就等于自毁幸福。既然已经委身于男人，只要表现出这是出于自身主观意愿，男人也会被女方的爱情所打动的。男人就是这副德行,越是宽恕他,他反而越有责任感,越是追究他的责任,逼着他结婚,他便越是想逃避。这是男人的共性。女人一旦委身于男人,不如抛弃一切对身体的悲情,满足于"为所爱的人做到了极致"这一事实,进而展现出她真正的柔情。男人如果不为之感动,那就不是人了。正因为对于肉体有着莫名的偏见,被世俗观念所束缚,女人才会无视自身的责任,一味地责怪男方,难怪男人会落荒而逃。

再来讨论一下意外怀孕的情况。现如今人工流产已经是合法的了。要说人工流产是否正确,很难讲。有人说人工流产是堕落的、肮脏的,我倒是觉得,应该立足于现实和双方的感情进行纯粹的判断,假如判断的结果是这样做比较好,那流产也并非坏事。

第六讲　同性恋

　　少女歌剧团的女粉丝、女子学校的"大姐姐小妹妹"、女人间所谓的"S"、男人间所谓的"相公"……日本民众并不避讳这些话题。女孩子对于少女歌剧团男角的狂热迷恋，到了令人匪夷所思的地步。在欧美人的眼里，少女歌剧团是怪诞的，必然会受到抨击，而日本社会对于青春期的同性恋则持非常宽容的态度。父母们觉得：女儿与其和异性谈恋爱，还不如搞同性恋来得放心；女孩子迷恋男人总归有风险，迷恋少女歌剧团的男角就安全了。再来说男人，日本的九州地区自古以来就有娈童的风俗，当地人认为异性恋是柔弱者所为，同性恋才是体现武士道精神的真正的男儿之爱。然而，我想在这里讲的，并非这种日本人司空见惯的同性恋，这种同性恋在当今日本也是末流。我经常跟少女歌剧的从业者这样讲，少女歌剧团必然是短命的。自从日本实行男女同校，少女歌剧的存在理由就少去了一半。九州地区的娈童习俗就更不用说了，那是封建时代的残渣余孽。日本的高中从旧制改革成新制，学生从住校生活中解放出来，同性恋便失去了滋生的土壤。再来看男子初中里的同性恋现象，几乎已经在城区的学校当中绝了迹（九州某些地方现状如何，我就不知道了）。在一个社会不禁止异性交往的时代，放任同性恋的旧风俗自然就消失了，日本传统的同性恋也自然成了历史。现如今男女同校，为"大姐姐"神魂颠倒的女生想必会被周围开展异性恋的女同学当成另类分子，她们也必然会因此随上大流，发展成异性恋的。攀比心理在男校往往更为严重，儿时有同性恋倾向的少年也必然会因为虚荣心而渐渐倾向于喜欢异性。

这么看来，曾经存在于日本的同性恋是一种封建时代的残渣余孽。这种同性恋并非现代意义上的、在西方世界流行的同性恋。前段时间我去世界各地旅行，目睹美国同性恋者横行，令我大吃一惊。连我这个海外游客都见了不少，简直难以想象同性恋在美国有多流行。不少学者从社会的角度来解释，其实并不是说某种社会形态必然会产生同性恋。西方世界同性恋的流行，和日本的少女歌剧团、初中里的"搞基"等有本质上的区别，倒不如说是一种相反的现象。西方社会从一开始就不容忍同性恋，不少人公然违抗社会风俗，执意搞同性恋。大名鼎鼎的纽约格林尼治村聚集着一大批未成名的艺术家，可以说十有八九都是同性恋，男人和男人卿卿我我，女人和女人甜言蜜语。在美国，基督教是禁止同性恋的，法律也写明了禁止同性恋。社会上的有识之士利用法律的疏漏，对同性恋者表示了深切的关注。忘了是去年还是前年，黛博拉·蔻儿出演的剧情片《茶与同情》非常成功。影片中，一个被指是同性恋者、受尽白眼的少年在黛博拉·蔻儿的影响下萌发了对女性的爱，影片就此终结。单从剧情来讲，这好像是一部同性恋导致的悲剧，其实电影的着眼点并不在此，它尝试着去刻画在同性恋已经成为社会常识的今天，同性恋者或烦恼或反抗的心理。田纳西·威廉姆斯的作品中因为经常出现同性恋者惹了不少麻烦。他的作品《欲望号街车》的女主角布兰奇,下场落魄凄惨。何以至此?原来,她年轻时有一位非常俊美的未婚夫,却因对方有一个年长的同性恋对象,两个人关系破裂。在告知布兰奇这层关系之后,青年也自杀了,布兰奇从此堕落。

以上列举的美国的电影或戏剧,都比较好懂。其实在文学作品中,尤其是二战后的文学作品中,有大量的同性恋元素。而在日本,同性恋并不是什么严重的社会问题,反倒是一个滑稽有趣的话题,成为人们茶余饭后的谈资。但是有迹象表明,二十年后,同性恋作为一种文明病,也将成为日本社会的大问题。教育工作者会觉察,社会评论家也会觉察,并对此展开种种研究。

在德国,同性恋问题在第一次世界大战后就得到了高度重视。德国的刑法中有禁止同性恋的条文,同性恋者开展了声势浩大的人权运动,主张废除这种有违人道的法律,但直到现在也没能成功。我觉得,从根本上讲,是欧美的基督教思想在反对同性恋,说什么同性恋有伤风化,扣了许多帽子,也没什么决定性的依据。憎恶同性恋,跟憎恶犹太人一样,谈不上什么理由,无非是基督教长时间营造的憎恶深入人心,或体现在法律上,或表现在社会禁忌上,仅此而已。日本在明治时代之前很少歧视同性恋者。君不见元禄时代,井原西鹤写了不少同性恋小说,同性恋与异性恋和谐共存。我觉得日本人是在明治时代受了清教徒的影响之后,才对同性恋抱有偏见的。

在这里,我不会就如何处理、如何防止同性恋等展开讨论,只想针对那一部分对同性恋有特殊关注的读者谈一谈。

同性恋者的特征之一，是逃避社会。他们把自己当成少数群体，团结起来进行反抗（但声势很弱），以此维护自身的欲望。说到同性恋的成因，众说纷纭，真相不明。根据弗洛伊德的学说，同性恋是后天形成的，是心理性的。也就是说，没有人是天生的同性恋者。因为事实上，性激素和同性恋是没有关系的。雌性激素丰富的、妩媚妖娆的女性可能是同性恋者，而那些雌性激素缺乏的女性照样和男人谈恋爱。极度阳刚雄健的男人，也会堕入同性恋。依弗洛伊德所言，同性恋是一种起因错综复杂的心理疾病，再加上习惯性地追求快感，同性恋者深陷其中不可自拔。然而，同性恋者认为这是自己的宿命，企图建立起只属于自己的小王国，盼望这个小王国能够不断地开疆拓土，发展壮大。美国的情况正是真实的写照，同性恋者就像地下党一样滋生繁衍。步入青春期的人们（比如《明星》的读者），或是受到蛊惑而成为同性恋者，或是屈从于自身的欲望而堕入同性恋，下面，我来分别谈一谈。

首先是受到蛊惑而成为同性恋者的，这部分人群在战后的日本备受关注。十来岁的日本少年没少被美国占领军灌输同性恋的思想，我感觉这是战后日本同性恋者暴增的最主要原因。染上同性恋的少年自然会去传播，以前是被人搂在怀里，现在怀里搂着别人，一传十，十传百。如今，美国占领军相比以前人数大减，也不能像以前那样飞扬跋扈了，被他们蛊惑的风险大大降低，但日本的同性恋人口已经很多了。如果你受到来自同性恋者的诱惑会怎样呢？在服装店工作的姑娘被女店主诱惑，小年轻被男同事、朋友诱惑……这样的例子我听到过不少。从这些例子当中可以总结出一个共同点，那便是同性恋始于同性之间的亲密感、安全感。对异性感到恐惧的人，觉得和同性相处更舒心惬意，而最终成为同性恋者。他们觉得，最了解自己肉体和精神的并非异性，而是自己——也就是同性，只有和同性相恋，才能体验到周全圆满的爱情。一些经验尚浅的男女已经体验过异性恋，不是摸不透对方的心思，就是搞不懂对方的态度，如今他们受到来自同性的诱惑，和同性相处，不管是肉体上还是精神上，痒痒挠得恰到好处，慢慢地深陷其中，不可自拔。

萨特的小说《一个领袖的童年》中有这样一段，一个被诱惑的少年声称自己只经历了一次就成了同性恋者，觉得自己的身体很肮脏，痛不欲生。其实一次经历并不能改变人，沾染上一个习惯也不会马上改变人的一生。如果是被蛊惑的一方，能做的只有告诫自己不要沉迷，在成长过程中，别忘了在同性恋之外还有广阔的天地。年纪轻轻就被蛊惑成为同性恋者的少男少女会以为这就是他们生活的全部，但只要牢记人生还有更广阔的天地，那就一定能重返原来的生活。我这番话好像没有什么用，同性恋是心理上的问题，所以只能靠自己的心理去克服，如果克服不了，这人必然成不了大器。同性恋是最好的试金石。

另一种情况——自带同性恋需求的人。同性恋需求是从小自然而然养成的，不知不觉中，自己就开始追求同性了。报纸上的"生活咨询"栏目常见这类同性恋者倾诉苦恼，对此，名医轻描淡写地回复道："你走上了邪路，赶紧改邪归正吧，否则这辈子就毁了。"简直让我笑掉大牙。

同性恋者当然知道这是一条"邪路"，"改邪归正"也不是说改就改的，这才找了大夫咨询。结果大夫告诉他"你走上了邪路，赶紧改邪归正吧"，这算哪门子咨询。相同的情况出现在有关自慰的咨询上。因自慰而苦恼的青少年求助，得到的回复是你走上了邪路，长此以往会影响智力影响学习毁你一辈子云云，青少年因此绝望，最终自行了断。这样的例子还少么？而现如今自慰无害说已经占了上风，已经没有哪个傻瓜因为戒除自慰失败而自寻短见了吧。比如我就没少自慰，学习成绩却越来越好，所以说根本是毫无关系。

和自慰一样，在日本，有关同性恋的研究迟滞不前，学界也是众说纷纭，给同性恋者的答复往往是"你走上了邪路，赶紧改邪归正吧"等没有科学性、毫无助益的废话。要我说，人的欲望不是想克制就能克制的，人总是会屈从于欲望，所以那些对同性恋有所期待的青少年不如一意孤行猛冲到底，不成功便成仁。如果是身心健全的年轻人，他在追求欲望的过程中，势必会碰到不可名状的孤独和难以逾越的障碍。毕竟现在不是古希腊社会，同性之间的恋情是不会得到社会承认的。此外，因欲望得到满足而得来的幸福当中，希望自身欲望被社会认可而最终得到社会承认的喜悦远胜于肉欲得到满足的快乐，同性恋者显然没有这样的机会。人经历了这些，或许哪一天就从中脱身了，如果脱不了身，那只能说他是不辨是非的糊涂虫。

追求欲望，超越欲望，最终以一种平和的心态客观地回顾自己的人生——"啊，原来还有同性恋这回事。"如果达不到坦然淡定的境界，那么不管是多么牛的医生，说什么都是白费口舌。一般认为心理疾病是难以根治的病症，其中尤以同性恋为最，因为同性恋伴有快感。撇开这些不谈，不论是男是女，只要对自己的性别始终保持一种自豪感，那就绝不会堕落到同性恋的泥潭中去，对自身性别的自豪感，自然会将其拖拽回来。我的建议或许非常不道德，而且缺乏科学性，却也比那些医生的回答来得实际。

第七讲　嫉妒

报纸的社会版每天都热热闹闹的，归功于那些因嫉妒而杀人的案件报道。男人杀了移情别恋的女人，老婆杀了移情别恋的老公，也有的人虽然没下毒手，也使出了一些手段折磨别人，报纸总拿这些做文章。最近有一则故事让人大跌眼镜：一位妻子起诉当法官的丈夫，说他人品低劣，根本不配当法官。评论家剖析，妻子的动机未必出于正义感。法官丈夫有一些不明不白的男女关系，妻子因此嫉妒，便弹劾起丈夫来。发动舆论令其"社会性死亡"，难保不是私心在作祟。

嫉妒心是男人强还是女人强？这个说不准。在《卡门》中，唐·何塞杀了卡门，便是出于极度的嫉妒。且说嫉妒这种感情并不只存在于男女之情中。在学校里，老师偏爱某一个学生，别的孩子会嫉妒，在家中，母亲溺爱某一个孩子，别的孩子会嫉妒。人从出生到上了年纪，都不会和嫉妒疏远。产生嫉妒的主要原因是缺乏自信，而人又会因为嫉妒而越来越缺乏自信，形成恶性循环，说不定哪天就动刀子捅人了。

在这里我要讲的是，爱情和嫉妒果真是相伴而生的吗？暂且把小学生的嫉妒和小屁孩的嫉妒放在一边，专门来谈谈青年男女的嫉妒。大家都知道，恋爱是你死我活你赢我输的，有赢家，就必然有输家。拿初恋来讲，俘获对方感情的就是赢家，反之就是输家，由此产生的悲喜剧之前已经讲过不少了。

且说有一种人，从来没输过，一直赢，可谓常胜将军。这种人在任何场合都会赢到底，绝不失败。他们往往是很有魅力的人，得到老天的恩宠，谈起恋爱来无往不利，而渐渐积累的恋爱经验又把他们带向一个又一个胜利。这些人有一个特征，那就是不会嫉妒。嫉妒必定在输家身上产生，哪怕只是短短一瞬。

举一个例子。有一对相爱的男女，姑娘偶然看到男友和别的女人亲切交谈，如果她的第一反应是嫉妒的话，那么她已经输了，如果她没有吃醋，那么她就赢了——就那么简单。各位一定感到莫名其妙了吧，肯定会想：姑娘如果不吃醋，岂不是不爱他？如果爱，遇见这种场面，哪有不吃醋的？爱和嫉妒，这两者紧密相连——我们的观念就是这么根深蒂固，等于在说"爱了就要输"。的确，实例俯拾皆是。但我没有这种绝望的想法。爱并非只能表现为嫉妒、软弱，爱并不意味着失败和缺乏自信。

有的时候，爱情会因为嫉妒而蒙上一层阴影，但通过努力排解情绪，重拾自信，还能使双方的感情更进一步。有人说自己的女朋友根本不嫉妒，这也许并非不爱的表现，而恰恰是她用情太深，以至于嫉妒之心无处容身。讲到这里，可以给嫉妒下一个定义——不安的爱。"说不定什么时候就跑了""说不定什么时候就离自己而去了"，嫉妒滋生于这种不安。

普鲁斯特的长篇小说《追忆似水年华》中有一位名叫阿尔贝蒂

娜的美女，主人公"我"爱着她。这个阿尔贝蒂娜是个难以捉摸的女人，猜不透她的真心，不安时时刻刻折磨着"我"，"我"只有看着她熟睡的样子，才能感受到她是属于自己的。事实上，小说中对阿尔贝蒂娜睡容的描写非常优美，讴歌切实拥有爱情的踏实感觉。

人最像睡眠的状态是死，没有比睡着更像死的了。不安的男人，只有在爱人睡着的时候才能感受到她是属于自己的，如果任由不安滋长，难保不会冒出一个可怕的念头——只有对方死了，才能真正实现拥有。唐·何塞杀了卡门之后的心理就是一个典型。卡门是个生性如男子般自由放浪的女人，没有人能够约束她，她的感情转瞬即逝，这会儿爱这个，下一秒就移情别恋了。直到目睹卡门死于自己的刀下，唐·何塞才感到卡门真正属于自己了。

嫉妒是爱的表现，从另一个意义上讲，我的想法可能有点难懂，那就是嫉妒恰恰表现了爱的不可实现性，因为把别人据为己有没那么简单。不论自己如何爱对方，对方都有自己的生活，夫妻不管多么恩爱，也不可能从早到晚面对面生活在一起，否则谁去赚钱养家糊口呢？男主外女主内，丈夫回家晚，妻子不论有多么爱丈夫，也只有待在家干等着。说穿了，人总归是孤独地活着的，事实就是这么残酷。有人说爱就是拥有对方，说得轻松，其实我们是做不到拥有对方的，除非对方睡着了或者死了。要彻底获得对方，只有杀了他（她），或者让他（她）睡着——这又谈何容易？所以我们势必生活在无休止的不安之中。

我觉得婚姻就是在这个背景下产生的。这个巧妙的制度发明可以让两个相爱的人产生相互拥有的踏实感。然而，人真的能够相互拥有吗？我对此表示怀疑。号称最爱妻子的丈夫，脑海里难保不会掠过一丝别的女人的影子，这一瞬间妻子失去了丈夫；号称最爱丈夫的妻子，在看电影时难保不会爱上电影明星，这期间丈夫失去了妻子，哪怕只有短短一个半小时。这是人生之无奈。问题是嫉妒的人不承认这种无奈，无论如何都要霸占对方的全部。他（她）的肉体、他（她）的精神、他（她）的自由、他（她）的一切生活，统统都要归自己所有，不乐意看到他（她）有别的兴趣爱好。由此滋生的疯狂的嫉妒往往引发流血惨案。嫉妒的痛苦来自盘踞在心头的自卑感——一是不安（我是不是真的能够完全拥有对方呢），二是自暴自弃（我肯定做不到）。嫉妒又令自卑变本加厉，就像一台机器，一旦发动，就再也停不下来，一路横行，撞倒路上所有的东西。这就是嫉妒之苦，就像是只有得过阑尾炎的人才懂得阑尾炎的痛苦，患了牙病的人才懂得牙疼的痛苦，没有体验过嫉妒的人是绝对无法体会的。

举一个神经衰弱演变成精神病的例子（在有关精神病的书籍中能见到不少类似的例子），早年还有通奸罪的时候，一个男子状告他的妻子，举出二三十个证据来证明妻子移情别恋。男子的诉状乍一看条理清晰，其实全部出自幻觉。比如，他提到一个男人的名字，妻子便把脸侧向了一边，他便认为妻子的举动表明她对该男子有歉疚之心……类似的证据他举出了三十来个。也许在当时妻子只是分了神，没留意丈夫的话。总之，对于丈夫的举证，可以一一找到反证来加以驳斥。他所看到的全部是幻觉，却渐渐带上了真实感，这种心理活动和我们小说家创作小说差不多。巴尔扎克身患重病，卧床呻吟，呼唤某某医生的名字，叫家人请那位医生过来，殊不知某某医生其实是他小说中的人物，现实当中并不存在——小说家混淆了小说世界和现实世界,嫉妒的人也一样,自行编造出一部小说,最终分不清现实和虚构。

最近有一部名叫《野餐》的电影。金·诺瓦克扮演的女主角梅姬与威廉·霍尔登扮演的豪尔私奔,梅姬的未婚夫艾伦受了很大刺激,妒火中烧。这位艾伦是一位无可挑剔的优秀青年,家境殷实,富于理智,忠于友情,对自己的未婚妻更是爱护有加,俨然骑士精神的化身。然而,妒火中烧的他做出了可怕的举动——他怒斥老友豪尔是白眼狼,豪尔明明是借了他的车,他硬说豪尔偷了他的车,抓住豪尔扭送到警局,企图给他安一个偷车贼的罪名。我想,在最近上映的电影中,艾伦的醋坛子形象是最为不堪的,令人印象深刻。有一些人,平时在我们心目中是绅士、男子汉大丈夫,理智又聪明,然而在非常情况下,也会做出一些疯狂可怕的举动。都说嫉妒是一种常见于女性的情感,艾伦诬陷豪尔是偷车贼的举动,洋溢着浓浓的泼妇怨妇味。总而言之,嫉妒会毁灭人格,毁灭理智,让富于理智的人成为感情的俘虏,致使人做出一些毁名败誉的龌龊事。话说回来,艾伦是一个值得同情的人,电影也没有把他塑造成反面人物,只不过它巧妙地揭示了这样一个事实:自信的人是宽容的、优秀的,而一旦这种自信遭到颠覆,人难保不会做出一些疯狂的事。

先前我说恋爱的赢家不知道何为嫉妒,现在我要说,嫉妒有的时候会消灭爱情。俗话说得好,吃醋七分饱。吃醋吃得太厉害,会吓到对方的。恋爱赢家对此一清二楚,即使偶发嫉妒之心,也懂得如何掐掉苗头。再者,他们都是自信满满的人,自信遭到颠覆才是最大的风险,吃一点醋根本算不了什么。一旦失去自我,蠢事傻事就会找上门来，而且难免遭到对方嫌弃，这时稍微加以克制，自己慢慢恢复，也不会讨人嫌。说句不好听的，恋爱赢家都是会耍心机的家伙，恰恰是心机拯救了他们。

啰啰嗦嗦说了一大堆。感情越深，占有欲也越强，难免会嫉妒，这也是人之常情。不过，世人往往将嫉妒等同于爱情，认为没有嫉妒的爱不是真爱，这种观念还是早点抛弃为好。不知道有多少人因为固守成见而吃了大苦头，尤其是女人。她们说，我爱你这么深，没少为你吃醋，你要回报我——我想所有的男人都会被这套逻辑吓退的。心存嫉妒的人大体上是盲目的，怀着一肚子怨气，破口大骂对方，虽然内心是爱着对方的，但一张口就是吵架的语气，二人你一言我一语，最终免不了大吵一架。我认为最大的问题在于嫉妒的一方深信自己是对的，甚至上纲上线，给对方扣大帽子。你吃醋的时候，是不是有必要反思一下自己？"我吃醋了，因为我爱着对方，所以我是对的，对方必须有所回报。如果对方不予回报，那他（她）就是有错。在所有人眼里，我必然是对的，对方肯定是错的"——这个观念会给爱情蒙上层层阴影的。所以说一旦醋意袭来，首先要做的是自我反省，审察自己的内心，好好想一想：自己有没有让对方尝过吃醋的滋味？自己是不是小题大做了？所见所闻是不是错觉？我觉得在吃醋的时候，自我反省才是真爱的表现。

我尊敬热情，同时也推崇理性，我认为美好的爱情是热情和理性的折中体，不能打着"唯热情正确"的旗号去责怪对方。嫉妒最可怕之处在于放任自己，一味指责对方。只要意识到这一点，就必然会考虑换一种方式指出对方的缺点，令其改正。举一个例子，女人看到自己的男人和别的女人聊得热火朝天，怎么跟他提这件事呢？若说"你今天和美女聊得很欢嘛",他听了这句话,说不定更加嘚瑟了。不如装作漠不关心,男人自然会忐忑,主动挑起话头:"今天我和她聊天来着,你不吃醋?"她适时摆出落寞的神情,说一句:"也就那么一丁点儿,过了五分钟就好了。"听了这话,男人没有不动情的。

  我给出的忠告,是针对轻微嫉妒的,不适用于病入膏肓的重度嫉妒。嫉妒跟伤风感冒一样,症状轻微时就治好它,便不会发展成无药可医的大病。

第八讲　爱与同情

女人常说："你是爱我还是同情我？我可不要同情。"当下盛行一种观念：爱情是相互给予的，不是单方面的施舍，否则就跟给乞丐丢钱一样了；真正的爱情，和同情是格格不入的，同情会玷污爱情。但事实并非如此，一方一厢情愿地同情对方，最终把同情转化成爱情，类似的例子不胜枚举。拜伦天生跛脚，不能跳舞，总是靠在舞厅的墙壁上干站着。想必各位都知道，他有多么受女人欢迎。吸引女人的，是他那英俊的相貌、彻底的自信和邪魅的气质，殊不知帮了他大忙的，还有他那条瘸腿。在女人眼中，那些让自己神魂颠倒的人，如果同时具备煽动自己同情心的特质，其魅力必然更大。有些男人就懂得利用女人的这一弱点，成天摆出一副撩拨女人同情心的神态，巧妙地攫取女人的爱情。

电影演员蒙哥马利·克利夫特总是弯腰驼背、萎靡无力，感觉非常孤独。这种形象最容易唤起女人的同情，特别是在那些富于母性的女性眼里，更是别具魅力。话说回来，异性的同情是一种残酷的东西，和施舍乞丐有本质的不同，可以这么讲，同情心是被对方身上的某种魅力煽动起来的。就拜伦而言，其个人魅力和诱发同情的因素融于一身，就像在甜甜的小豆汤里加一点盐便会增添一分甜味，最能令女人意乱情迷。

人之所以恋爱，并非看中对方圆满的人格、无可指摘的人品，而是爱对方的缺点——这是一条恋爱的普遍规律。而这缺点或短处，往往会惹人同情。百分之百完美的人只会惹人反感，乃至削弱爱情。我们爱小猫小狗，就是因为它们比自己弱小的缘故。再来看看由同情萌生爱意的例子，男人同情女人继而爱上她的例子远比女人同情男人继而爱上他的例子少得多，这正是因为男人本质上是强者，是女人心目中优越的存在，不属于同情的对象，一旦他具备了弱点或缺陷，那就成了女人眼中的香饽饽，他身上的弱点或缺陷，也就成了女人注入爱情的突破口。回想二战时，有些日本女人因为说美军俘虏"好可怜"而惹毛了一些男人，怒斥她们"卖国贼"。战后，那些男人成了剩男，"好可怜"的美军俘虏在大街上昂首阔步，女人对他们趋之若鹜。

孩子们热衷于扮演医生的游戏。学者们从中发现幼儿性欲的萌芽。确实，扮医生的男孩子对女病人的身体感兴趣，而女孩子则未必乐意当病人。她们更喜欢当照顾病人的护士，从中体会快乐，这一点在她们成人之后也有所体现——女性喜欢从事护士的职业。女孩子扮演护士，其实反映出女性的一种恋爱形态。

最近有部电影叫做《印度之雨》。看过这部电影的读者想必有印象，影片中，少女疯狂地爱上了一位大叔。这位大叔是个避世隐居的建筑工程师，加入空军前他是个理想主义者，后来经历了战争的幻灭，来到印度的边远地区隐居，酗酒度日。在观众眼里，这家伙压根儿不值得同情，小日子过得挺滋润嘛。然而少女硬是把他塑造成了可怜虫。她恣意想象，认为他这般落魄是因为失恋了，还一心以为这样一个酗酒度日的孤独男子，一定渴望一段安稳的爱情。她希望能成为护士，电影遂了她心愿，她果然成了护士，而大叔则成了病人，这下子两人便建立了恋爱关系。没过多久，大叔在护士的呵护下治愈了孤僻的毛病，两人喜结连理，不过可以想见，大叔一辈子都欠姑娘人情，毕竟——"治好你的，可是我呀！"

诱发同情的因素多种多样，比如孤独、疾病、家庭不顺、贫穷、年老、缺乏自信，等等。有一次我去酒吧，前来迎客的可爱少女迎面就来一句："我的心、肝、胃、肾，都不好。"真是没看出来，五脏六腑里头竟然有四个坏了，哪里还干得了酒吧的工作？彻底扫了我们的酒兴。揣摩她说这话的心理，或许是对我们有所戒备，要么就是讨厌我们，这才罗列出一堆莫须有的毛病来。也有可能是想引起我们的同情，但又不想被人认为是因为贫穷才在酒吧打工，便另找了一个值得同情的由头——内脏坏了四个，太值得同情了。

从女人那里博取同情，有时容易，有时又没那么容易。有一位名人的太太以自杀抗议丈夫出轨，结果被救了下来，没能死成。事后那位名人说："一度企图自杀的女人不管有多么可怜，我已经没办法爱她了。"事实上，这位太太的自杀是一种鱼死网破的举动，以死相逼，勒令对方同情自己。男方经受不住这种胁迫，彻底吓破了胆，再也无法以宽容的心态去爱女方。事情做到这个份上，结果只能是鱼死网也破了。

在谈恋爱的时候，引起对方的同情的确是有用的，但前提是自己在对方眼中必须有魅力。没有魅力的人再怎么打同情牌，也起不到任何效果。只有和魅力糅合在一起，那些引起同情的因素才是有价值的。人如果缺乏自知之明，明明没有魅力，还一个劲儿地博取同情，到头来只会适得其反，令对方越来越不爱自己。

在世上，生发于同情的恋爱不在少数，比如疗养院里病入膏肓的男女结核病人相爱，男青年爱上遭到丈夫虐待的女人，不一而足。再来看长时间住院治疗的女性，大体上会依恋自己的主治医生，这也暗示着同情与被同情的关系偶尔也会发展成恋情。分析医生和病人之间的关系，一般来说，医生要秉持医者的立场，而病人自我感觉是弱者，自然会依赖医生，这种依赖会渐渐地转为爱情。在病人看来，医生不经心的一举一动都是在关心呵护自己，于是心生爱意。再来看遭遇家庭暴力的妻子，她会夸张自己的遭遇，以此博得对方的同情，进而令他爱上自己。至于结核病人之间，可以想见，两人给予对方等量的同情，携手共赴黄泉。

人各有特质。有的人生就一副博人同情的相貌，先前提到的蒙哥马利·克利夫特、最近去世的詹姆斯·迪恩就是个中典型。外表惹人同情，又有魅力，这样的人最占便宜。生活中有种人活力四射，正能量十足，其实家境并不好，或者家庭不和睦，然而他们绝不在人前诉苦卖惨，总是抬头挺胸做人。这种人就缺乏博取女性同情的特质。不过同情心不单单以貌取人，也会萌发于共鸣和鼓舞（比如同情直面惨淡人生的勇敢坚毅者）。话说回来，这种同情不能被称作严格意义上的同情。

在此提醒，姑娘们要小心一类花花公子。他们对同情产生的规律了然于胸，并非通过展现其魅力来俘获芳心，而是诱导女性发现他们身上的弱点或缺陷，说什么自己被人抛弃了，极力渲染自己有多么可怜,以此赢得爱情。这类人的所作所为正好和一般的花花公子相反。一般的花花公子是万人迷,是情场的常胜将军,女人们争相爱他,而这种诉苦卖惨的花花公子,总是在哀叹他失败的情感经历或者喝水也塞牙的倒霉人生,以此撩拨女人的母性本能。世上还有不少男人,成天一副怀才不遇的样子,深知女人见了他们,必然产生"好好培养他,让他成才成器"的冲动。对于女人而言,发现埋没的天才,好好培养,令其出人头地,那是无上的喜悦,自然容易上那种伪天才的当。

在绘画领域、文学领域、音乐领域,都有伪天才,必须多加小心。他们喜好卖弄才气,表情严峻,气质孤独,全都是为了突显自己的"怀才不遇"。他们明明没有一丁点儿才能,还竭力放大自己的落魄处境,目的当然是为了撩拨女人的同情心。他们说自己的小说没人看,自己的音乐没人听,自己的画作没人欣赏。用无人问津来证明自己是天才,那都是扯淡。殊不知,死了才获得承认的才华,远不及在世时就已经声名远播的才华。

再说,不论是同情他人,还是获取同情,都是一种才能,不是谁都拥有的。比如我,被人同情的感觉比死还难受,至于同情别人,我也是万万做不到的。每年十月,"红羽毛"赈灾捐款活动开始,我从来没佩戴过代表捐过款的红羽毛,并且以此为傲。这还不算,我还特别喜欢大摇大摆从募捐的女学生跟前走过(有一次还从背后传来一声大喊——"小气鬼!")。不过老天爷也真是会安排,偏偏就有女读者认定我是个极度孤独的神经官能症患者,同情我的不幸,写信来慰问。号称"被人同情的感觉比死还难受"的我,当然是第一时间把来信扔进了废纸篓。所以特此说明,这一讲的题目

"爱与同情"，和我是八竿子打不着的。

经常见到报纸上登载"高中生没考上大学，遭父亲责骂，女生同情他，与之一同殉情"之类的新闻。同情，然后殉情，一点儿也不美。同情往往令人盲目，只看到眼前，对对方没有任何助益。与其和男朋友殉情，还不如给他屁股上来一巴掌，给他一声棒喝："搞什么嘛，蔫儿了吧唧的，不像男人！"这才是真正的爱。随着阅历增长，她自然会慢慢认识到，帮助人拯救人并非易事。不过她一旦意识到这一点，这恋爱也就谈不好了。再来看那个例子，女生同情男生，两人抱头痛哭，说不定是恋爱最畅顺的阶段。

据我观察，女人不是动不动去同情别人，就是想被人同情，非此即彼，这个特质真让人头疼。不过这也恰恰反映了女人爱的才能。

第九讲　性的学校

　　各位心目中的"性欲"其实是一个非常模糊的概念。农村的青少年离城市越远，受到的性刺激也就越小。在这种环境里，人的性欲以一种清晰单纯的形态表现出来，极少是细碎复杂的形态。且看城市的青少年，受到大量的性刺激，几乎都得了性过敏的毛病，所以比起农村那些体格壮硕的青少年，外表柔弱的城市青少年其实更容易发生性冲动，满脑子都想着和性相关的东西。这并不代表他们性能力强，不过是因为受了电影、脱衣舞秀、色情小说、成人杂志等多方面的刺激，对性变得非常敏感而已。

　　另一方面，不可否认，从乡下来到东京的青少年因为缺乏"免疫力"，更容易受到情色信息的腐蚀而堕落。对这些信息，城市的青少年说不定早就麻木了。所以从这一点上讲，性欲这个概念包含了过敏的因素和麻木的因素。

　　我城市生城市长，只能谈一谈城市青少年的情况。多方面的情色刺激导致性过敏，性过敏又诱发了桃色的期待，桃色的期待一味刺激着大脑和神经，使得痴心妄想一味膨胀。这种期待越是脱离现实，便越发壮大。所以我在这里谈的性欲是大脑和神经方面的概念。

在恋爱讲座中大谈性欲,实在是有煞风景。且说年轻人谈恋爱,体验种种心理和情绪(请看之前几讲的内容),最后走到两性结合的阶段,往往是以失败告终。尽管没有准确的统计数据,不少城市的青年男女在"初体验"时都经历了可怕的幻灭。我们早在上中学的时候就在脑子里过度美化了两性的交合,觉得那是一件欢愉无比精彩非常的乐事,然而据我观察,"初体验"所带来的十有八九是绝望、灰心和无助。

都说现如今的年轻人在性方面很开放,但我认为"初体验"问题在本质上没有任何变化。时代不管有多么开放,性的问题都不单是肉体的问题,也是精神的问题,对人的认知、对社会的认知助益匪浅。倘若没有这些认知的帮助,现代人在性方面是难以圆满的。

男人对性往往抱有不可思议的虚荣心。这种虚荣心从少年时期就萌发了,认为自己一切都很厉害,在性的方面当然也是赢家。他一旦尝到了"初体验"的苦涩,虚荣心就会受伤,也没有调整心态反思自身,以至于四处发泄不满,就此陷入荒唐颓废的状态。不少人年纪轻轻就乱搞男女关系,从此走上邪路,起因就在于此。

我说这话也许年轻人不爱听,要想体会圆满的性爱,必须等到成熟之后。人作为一种动物,在十来岁的时候就能达到性成熟,然而人又和动物不同,就连最突出表现人类动物性一面的性生活,都受到文化的影响,不只反映人的动物性。少男在性方面往往非常敏感,擅长意淫,而女性的意淫能力也不亚于前者,在不断的情色刺激之下,神经已经麻痹——总之,观察都市青年男女在性方面的交往,双方都对对方期待过高,结果自然是失望。经常听人说姑娘被中年大叔吸引,小青年醉心于熟女,这些例子恰恰证明了,为了体会真正的性的快乐，唯有用对方的成熟来平衡自身的不成熟。

我见过这样的少女。她说自己对异性感到绝望，为什么不能和异性成为好朋友呢？男人为什么动不动就起邪念？那跟动物有什么区别？看她周围，不乏优质的男孩子，她却彻底放弃了和他们建立友谊。同性之间的友情也不如她意。于是她越来越孤独，成天发牢骚。我仔细观察，发现她其实没把异性当做真正的朋友。嘴上说男人不靠谱，其实自己整天对同龄的男孩子卖弄风骚，惹得他们神魂颠倒，自己也乐在其中，同时绝对不献出自己的肉体，只索要精神上的友谊——这也是现代少女的性格特征之一。

她们没有自信单凭精神魅力来吸引男性。即便初衷是通过精神上的交流来维持真正的友情，但因为没有足够的自信，就企图用肉体的魅力来填补。然而在男性朋友眼里，她那所谓的精神魅力远不及她的肉体魅力，都为她的肉体神魂颠倒。她见状便伤心绝望，说为什么异性之间不能有友情。同时她还有另一层心思：自己要贯彻精神恋爱，在他心目中，自己必须是一个精神至上的女性。这令她陷入非常矛盾的状态。年轻人都对肉体感兴趣，特别是男孩子，在某一段时期，他们的脑子里全是肉体。借用罗伯特·安德森的戏剧《茶与同情》里那位高中校长夫人跟朋友的谈话——"这个学校的男生，脑子里都想些什么呐！何止是春天，一年到头……光想着女人啦！"说来女人或许难以想象，在某一个特定时期，男生是很敏感的，哪怕查词典的时候看到一个"女"字，或者看到一个和女人身体相关的词条，都会兴奋。设想他正在拼命学习以应付考试，查字典的时候看到某个词条（字典的编纂者当然不会回避收录这种常识性的词条），保不准就会因此兴奋不已而荒废了眼前的功课——

这是处于特定时期的少男的心理特征。少女们，你们是不是要体谅一下少男这段时期特有的焦躁呢？

男女在性方面的差异，只有在成人之后才能相互理解，年纪轻轻是理解不了的。姑娘希望小伙子以她爱他的方式来爱她，小伙子则要用自己的方式来爱姑娘，青涩的恋爱总是不和谐的。我想告诉他们，肉体也好，精神也罢，都是同样地善于欺瞒，也同样地展露真实。不单是精神会说谎，肉体也会说谎，同样的，不单是肉体会说实话，说来也怪，精神有的时候也是会说实话的。

这话不太好懂。且说最近石原慎太郎在小说中大肆描写青涩未熟的男女关系，以及由此而来的性的不协调，大受年轻人追捧。比如男主人公爱一个女人，一转眼就不爱她了。说出来女人或许不信，男人在需要女人的时候的确是爱对方的，性欲一旦退去，就不觉得爱了——石原小说的新意就在于直截了当地揭露了青年男女之间的这种不协调。以往的小说在这一点上采取蒙混的做法，不点破，不挑明，而石原慎太郎则毫无保留地予以揭露。

我必须跟各位讲明一点，现代社会中的性行为，其实并没有各位想象的那般浪漫。前面我提到了性的幻灭、腐化、堕落等，在我看来，其实并非因为对性本身的一无所知，而是起因于对"人"太缺乏了解，没吃透现代社会的运行机制。为什么现代人的生理成熟越来越早，而结婚却越来越晚呢？这是现代社会的矛盾，一个无解的矛盾。两性的结合，如果没有经济独立作背书，是不会被社会大众所承认的，这可以说是现代社会的一条铁律。经济上不独立的男女一旦结合，必然会生出种种矛盾龃龉，矛盾几经叠加，恐怕就会引发堕落或者犯罪。观察种种青少年犯罪案件和所谓"桃色团体"

的堕落过程，无一例外，都不是性的堕落。因为人能做的事情就是那么几件，不论发生多少次性行为，生多少孩子，这些事情本身并不可怕，可怕的是之后发生的事情——零花钱不够了，就去拿父母的钱，进而发展到欺骗朋友、勒索他人，最终沦为偷车贼、偷枪犯等，罪孽越来越深。

这里我要做一个假设（想必又要激怒各位了）。有一个滥交的"桃色团体"，成员都非常有钱。不管这些钱是父母给的还是他们自己赚来的，总之是正大光明的财产，无可指摘。十来岁的十男十女，聚集在一个非常卫生干净的理想环境里，大肆滥交，生出孩子，盛况空前。然而，他们并不滋事犯罪，而是好好学习，以优良成绩毕业，或一起造福社会，或共同进行学术研究。这个假想的世界在现实中当然很难存在，我只是做个假设。那么请问，在这个世界里，性是罪恶吗？我对此表示怀疑。这个世界里，混乱的只有性，别的一丝不乱。健康无瑕的青年男女发生性关系以释放自然的性欲，即便生了孩子，也不会因为没钱养育而犯愁——如果出现这样的理想状态，"青少年在性方面腐化堕落"的命题当然是不成立的。如果有大人加以质疑，对方则会回应："钱是我的钱，干的是正经事，没人可以对我指手画脚，男欢女爱不是人之常情吗？"我想所谓的大人们听了一定会哑口无言的。

说到这里，想必各位也明白了。平常所谓的"青少年在性方面腐化堕落"一定是夹带了其他因素。各位对性抱有负面印象，也是出于一些微末的理由。零用钱不够花，以至于无法和女友充分享乐，女友也会感到美梦破灭……总之，有各种各样的经济因素或社会因素牵涉其中。退一步讲，即便给年轻人那样一个乌托邦，性的混乱姑且不谈，就凭年轻人的理性，别的方面也很难维持正常健康的状态。那样的纵欲生活必然导致筋疲力尽，学业也将荒废。优渥的经济条件令他们不至于为钱犯罪，但十有八九会得上结核病。所以说我假想的乌托邦总归是一个难以实现的妄想。

现在我要教你们该怎么办。所谓失败是成功之母，我们总是通过"试错"的办法来从三番五次的幻灭中学到人生经验，各位也一样，没有别的路可走，只有屡败屡战。心怀希望，耐心等待非常重要，别早早地看破红尘，长大后蓄养财力，继而得到社会承认，之后便能体会到大大的"性福感"。社会上尚未站稳脚跟、经济上尚未独立的黄毛小子再怎么追求感官上的愉悦，也是尝不到性爱的醍醐至味的。

讲到这里，可见在现代社会，人在生理上的成熟和他在社会上的成熟是迥然不同的。在野蛮人的时代，年龄到了就标志着他在社会上成熟了。而现在的年轻人即便参加了二十岁成人仪式，也不算成熟，我想说的是，社会评价一个成熟的人的所作所为是好是坏，都以他与别人的关系为参照系，没人会批评"和女人上床"这件事，性行为本身是不会受到批评的，关键是看和谁做这件事。然而，年轻人之间的性行为本身就会受到批评，在这样的大环境下，年轻人的性行为归根结底是见不得光的。在法国或日本的喜剧演员中有这样的例子，"小鲜肉"被年长的女性所宠爱，受到她爱的启蒙，在性方面也是日臻成熟，不久后便成长为成熟男性，去爱比他小的女性……机制运转之精良让我不得不佩服（法国电影《麦苗》就是一例）。而在日本，能体验到这种机制的人是小众中的小众，普罗大众还不具备条件。话说回来，如果天下一直太平下去，说不准日本将来也会那样。

第十讲　恋爱的技巧

一

男女之间的交往，大致可以分为以下三种类型：

A 不自恋的我方刺激自恋的对方

B 我方自恋，对方不太自恋

C 双方都很自恋

A　不自恋的我方刺激自恋的对方

说来也怪，世上有不少丑男配美女、美男配丑女的组合，金童配玉女的夫妇反倒少见。而且，品行优劣也不是相貌美丑决定的，也有俊男电影明星品行端正，秃头的谐星品行不端。听说上原谦在男女关系上坚守分寸，又听说柳家金语楼是个花花公子。

且说丑男美女、美男丑女之所以能够结合，往往是因为丑的一方巧妙地刺激了美的一方的虚荣心。从男人的立场上讲，美女反而容易得手，因为美女都自视甚高，只要把握她们的虚荣心，求爱就很容易成功。虽然没有人会费尽口舌去追求丑女，但觉得自己不美的女人反倒难得手。有不少女人，她们非常有魅力，但自己并没有觉察，觉得自己不美。这种女人很难相信对方的爱情，因此追求起来困难重重。

追求自我感觉非常好的人，就必须找出连他（她）本人都没有觉察的魅力点。一个人自我感觉再好，也不意味着他（她）彻底了解自己。还有一种情况，有些人自我感觉无比好，好得不屑于被人称赞，但他们身上还存在一些想得到称赞而尚未有人发觉的优点。一位法国作家说过："面对一位将军，赞美其武功者是傻瓜。应当赞美他的胡子。"因为将军已经习惯于被人赞美功勋卓著，早就麻木了，这时如果有个女子说一句"您的胡子真美"，无比走心，将军立刻就被打动了。可见追求自我感觉良好的人，夸赞他（她）身上众所周知的优点效果不会太理想。然而，有相当多的女性在追求男性时，明明是被他身上某个优点所吸引，却对此只字不提，只顾着一个劲儿地倾诉自己的感受。比如：

"我控制不住我自己了。你懂吗？你才不会管我死活，是不是？我就知道。不过，我昨天差点被自行车撞了，怎么了我？"

这些话收不到什么实效，男人只会觉得她聒噪。要知道自恋的人就喜欢听奉承话，一听耳根就软，而滔滔不绝地倾诉衷肠，只会让他（她）觉得腻烦。所以，要吸引自恋者的兴趣，最要紧的是把他（她）巧妙地融入对话中去——并非一味地阿谀奉承，而是在只言片语中赞美对方的魅力，他（她）便轻易上钩了。拉罗什富科在他的《箴言集》中说："恋人在一起总也不会无聊，那是因为他们始终在谈论自己。"这种境界的前提是双方已经是恋人了。而在确立恋爱关系之前，要追求对方，光谈自己是没什么用的。

A 类型的例子

一、男追女

"昨天你一个人在天台上呆呆地看广告气球吧？我第一次见到你独自一个人，周围没人看你。谁都对你献殷勤，我和你单独待着的时候，都觉得有好多男人、好多眼睛看着你，欣赏你的美……不过，昨天你确实是一个人，我敢说，那时的你最可爱了。"

二、女追男

"我喜欢你无聊的时候朝边上瞥的样子。你并没有在看什么，对吧？平时你一副大人模样，就在那一刻，你就像一个孤独的少年……那时候我就想了，就得让你一个人待着，百无聊赖。"

B 我方自恋，对方不太自恋

和 A 类型相反，如果你自己就是自我感觉极好的人，那么就会出现利用你自恋心理的人。人生很有趣，A、B、C 三种类型的人都有合适的匹配。B 的情况，自恋的你有可能吸引来花花公子。花花公子是征服欲的化身，越是难以征服的对象就越是勾起他的征服欲。你很自恋，以高冷的姿态示人，必将令对方燃起"破冰"的欲望。相反，如果你不自恋，很快就向对方示好服软，他便不会对你产生兴趣。

我在 A 中说过，有些女人非常有魅力，但并不自知，自我评价一般。追求这种女人是花花公子的终极理想。举个典型例子，在小说《危险的关系》中，浮华浪子瓦尔蒙子爵一门心思追求非常清纯但自我感觉一般的都尔维尔院长夫人，四百多页的书，从头至尾情话绵绵不绝，最终得逞。

所以说，如果你是个自恋的人，就不能轻易地让对方利用你的自恋心理。要知道，在恋爱中，自我感觉良好是一个优点，同时也是软肋。如果你对自己的容貌或者魅力信心满满，这就意味着你已经处于守势了。你的容貌或者魅力自然会吸引对方的注意，接下来的问题就是如何在这场防御战中灵活地运用。不过，男人也并非死心眼，再美的女人，如果一直冷若冰霜，拒绝亲吻，对甜言蜜语毫不动心，那么他也会知难而退的。

在电影《天鹅公主》中，格蕾丝·凯利饰演的千金小姐就是一位冰山美人，固然是很美，却非常冷淡，难怪王子对她提不起热情，敷衍应付一阵，便打了退堂鼓。由此可见，倘若你是个自恋的人，在恋爱中处于守势，那么你绝不能把自己封闭起来，而应该时不时派出侦察兵刺探敌情，将对方的火力引向自己。令对方保持爱情攻势，就是秘诀所在。假如你封闭在自己的世界里，那些慕美貌而来的追求者说不定转眼间就撤退了。

要想令追求者攻势不断，只有一个办法——用你的自恋给他们希望，说得俗一点，就是不停给他们撒饵，吸引他们上钩。小希望也要赋予其价值，包装成大希望。比如你在很多人在场的情况下，专门抛给对方一个特别的眼神，就能让对方感受到深长的意味。一个眼神而已，又不会损失什么。自恋的人就应当做出许多无损自身的小让步以吸引追求者。

B类型的男女互动，有一种对自恋的你非常有利的情况，那就是让多个追求者竞争。你坐山观虎斗，追求者必然会揣摩你的心思，到时候你就可以轻轻松松决定选哪个了。

B 类型的例子

一、男追女

"一起吃个晚饭吧？"

"谢谢。我一点儿也不饿，我也不想勉强自己，所以算了吧。"

"你的胃口再大，也不会损害你在我心里的形象的。"

"那你告诉我，怎样才能损害我在你心里的形象？"

"往你自己脸上泼硫酸啊。"

"你也会说这种话啊，我爱听，比大餐受用多了……不过，吃饭还是下次吧。"

二、女追男

"昨天偶然遇见你，好开心。"

"……"

"我简直想把你关进笼子里。"

"……我还有事。回头我去做一个能把自己关进去的笼子吧。"

C 双方都很自恋

这种类型的男女很难走到一起。双方往往都是电影明星般的俊男靓女，结合起来很困难，因为一方难以忍受另一方的自恋。他们都深谙自恋的机理，对方的各种骄矜矫情在他（她）看来毫无神秘感可言，并且自诩高人一等，厌恶对方的任何言行举止（作为小说或戏剧的题材倒是很有趣）。所以，即便有一方是诚心诚意的，对方也不予置信，只有双方中的一方抛弃自恋心态，变成 A 类型或者 B 类型，二人才可能在一起。谈恋爱的两个人，总归有一方爱对方多一些，五比五的对等爱情实属罕见。

有一个很有意思的例子。一个很自恋的美女向一个很自恋的帅哥求婚。帅哥听着美女的表白，没多大反应，最终含糊其辞，不置可否。不过二人还算是恋人关系。深夜，两人在东京皇居的护城河边散步，边走边看幽暗的水面和皇居的绿植，女的突然说要唱歌给男的听，随即唱起时下流行的爵士歌曲。岂料男方对自己的歌艺颇为自傲，实在受不了女方难听的歌声。女方唱完后问对方作何感想，得到的回答是"不好听"，一场争吵就此爆发，婚事自然也就告吹了。

　　细想想，女方唱歌的动机并非有意献丑露怯，以博取男方的欢心。她认为自己长相颇佳，歌声自然也是动人的。问题是男方也是同样的想法。这里有一个小小的误会。如果男方是个五音不全的家伙，那么他便会以更加谦虚的心态来听她唱歌，并认为女方拙劣的歌艺是个可爱的缺点，进而生出怜爱之心。一旦两者是同一类型的人，反倒难以理解对方的期望。这也从一个方面反映了人类心理的有趣之处。

　　C 类型的例子

　　"你见过 N（某男星）的真人吗？一点都不帅。"

　　"还是你更帅。R（某女星）最近挺红的，也不怎么样嘛。"

　　"还是你更美。"

　　"谢谢。礼尚往来，真有绅士风度呀。"

　　"……对了，当我女朋友吧？"

　　"你那么自恋，讨厌你。"

　　"刚好和你成一对嘛。"

　　"那倒也是。我在爱自己的人面前，想怎么矫情就怎么矫情，不过在你面前，我还是比较收敛的。就像现在这样。"

"像现在这样？！……我可不会爱上你。"

"我也是。"

"你说我们之间会不会达成什么停战协议呢？"

"我看够呛。会一直冷战下去。"

"要不我就等上个几年？等你来求和。"

"要几年吗？说不定就是明天呢？"

"啊？"

"等几年还是等几天，谁知道呢？"

二

想接吻的时候

　　用嘴巴说出想接吻的人一定是傻帽。三流电影中会出现这样的桥段——先说"想亲你"，然后采取行动，简直蠢到家了。两个人在一起，情投意合之际，就接了吻，即便一方是有所企图，但如果在那一瞬间双方情绪没到位，一定会掉链子的。要接吻，就要创造适合接吻的氛围，用语言表达乃是蠢人所为。比如，在跳舞时嘴唇偶然触碰，又比如，女人够不着架子上的东西，拜托男人帮她取下来，男人伸手去取，女人昂首去接——男人在把东西递给女人时顺势亲了她一口……一切都必须像是在偶然间发生的。

　　恋爱这种事，一切都必须是"突发"的。其秘诀在于，不管事先经过多么周密的安排，都必须让对方觉得这是一次偶然。换句话说，事情必须是自然而然地发生的。所有的男人在初吻的时候，满脑子都是周密安排的计划，紧张得浑身发麻，动作僵硬拘束，就跟机器人一样，下场很不堪。后来男人越来越懂其中门道，知道如何才能做得自然，一切如水到渠成。然而成为"老司机"的代价，就是失去那种怦然心动的感觉，越是情场高手，就越难体验到恋爱的感动。计划进行得越是顺利，激情就衰减得越是厉害，远不如青葱少年时。

有一天深夜，我在一家酒吧听到一对青年男女的对话。小伙子要了酒，同伴的姑娘点了橙汁。小伙子说："来这儿就喝橙汁？太没劲了吧。"这句话太适合深夜酒吧了，深深印刻在我的脑子里。接下来的一瞬乃是接吻的最佳时机，可惜周围有人看着，二人没能吻成……

接吻后，男人总是问女人："生气了？"有人会说"没呀"，也有人会说"嗯，生气了"，两种情况都表示女人没生气。如果真生气了，女人早就去漱口了。

大体上，对男女双方而言，不管是接吻还是其他恋爱行为，在有某种障碍或者制约的情况下，反倒是绝佳机会。比如二人在众目睽睽之下想触摸对方，心里焦急，这时一旦出现独处的机会，便是接吻的良机。巧妙营造的恋爱场景，一定是二人在焦躁情绪升级、获得独处机会时，自然而然地接吻。芦原英了说过："在法国，和女士独处五分钟，还没有与之接吻，便是失礼之举。"他的意思是，独处五分钟还没有接吻，那就是认为对方没有魅力。法国人的想法还真是惊人。

想"那个"的时候

这个必须借助语言表达，通过对话确认对方是否同意。最近有部叫《处刑的房间》的电影,当中有女人被迷奸的场面,引起轩然大波。迷奸是人渣才做的事情。这种勾当不仅见于最近的"太阳族",据我所知,在二战前就有这样的案子:一位少女交友不慎,被对方用药或是酒迷倒,差点失身——男方年纪太小,没能得逞。后来少女苏醒,以为已经失身,一直苦闷不堪。再后来,她和另一位男性结婚,丈夫告诉她,她还是处女之身,她乐开了花,以为在做梦。

归根结底,恋爱的愉悦感来自对方的反应,对于男人而言尤其如此。把女人迷倒了,那就感受不到灵肉交感的喜悦了,和自慰有什么区别呢?爱的愉悦,说到底就是两个互动的个体之间产生的愉悦,在发生肉体关系的时候,是绝对含糊不得的。姑且不谈道德风化,迷奸这种行为,既不能给自己带来愉悦,也不能给对方带来愉悦,绝对是损人不利己之举。应当慢慢地、耐心地等待你情我愿的时机到来。我举一个例子。

男人说:"做任何事情都行?"

"任何事情……是什么呀?"女人反问道。

男人回应:"所有大人做的事情。"

也不是说这样就能成功,反倒是想劝诫各位年轻朋友,与其冒着傻气霸王硬上弓,造成双方都不堪回首的后果(就如电影《处刑的房间》中所描绘的那样),还不如花上几年时间,耐心等待瓜熟蒂落的那一天。这才是聪明人的做法。

至于秘诀,就是在提出"那个"要求之前,绝不能点明女方的欲望,交往过程中必须当女人是无欲无求的存在。点明女人的欲望,会刺激她们的羞耻心,令她们感到不快。至少处女是极其厌恶被人戳穿的。女方往往会暗暗吃惊，甚至感到愤怒："我好好地掩藏着欲望，男朋友怎么就做不到呢？"

A　失败的例子

"一起去酒店吧？"

"去酒店干吗？"

"这还用说吗？"

"什么嘛。笑得那么猥琐。"

"要你管。将来你和我一样猥琐。"

"我才不会变猥琐呢……讨厌你，低级，下流。"

B　成功的例子

"我不要你稀里糊涂地跟我走。我要你睁大眼睛，好好看清楚，我们要到哪里去。"

"我的眼睛一直都是睁着的呀。"

"你确定能一直保持清醒？"

"这个嘛……不确定。"

"你要是不愿意，中途反悔也行。我不会强迫你的。我最讨厌强迫人了。"

"好了啦。我才不会反悔呢。"

想结婚的时候

在恋爱期间，双方不管想不想结婚，都不能提"结婚"两个字，那是禁忌。在电影《穿裙子的中尉》中，中年男子和年轻貌美的女子喜结连理。周围的朋友纷纷向他们道喜，男方却说："什么结婚不结婚的，不要用那般腥腥龊龊的词语，我们之间的关系，用LOVE 就能概括了。"也的确是肉麻了一点。

女人的梦想是结婚。正因为如此，不应该逢人就宣传自己的梦想，男人也一样。逢人便谈梦想的人往往为人轻浮，底蕴不足。女人也不能对着男友反复念叨"结婚结婚"，这是在胁迫他。有一种传统的求婚方式，便是请求对方去见自己的父母。这种方式至今很流行，在我看来是一种优良的传统。问题是，不管是男方还是女方，都应该在打探清楚结婚的可能性之后再进行求婚。还没打探清楚，就要求"以结婚为前提谈恋爱"，乍一看是谨慎的做法，其实风险更大，成功的希望更渺茫。我听说有个女人向男人表达了以结婚为前提谈恋爱的愿望，结果男人跑掉了。她不该那么一板一眼、郑重其事的。

我来举两个不是传统风格的求婚例子。它们都建立在男女双方达成一致的基础上。

A 男向女求婚

"我说，我们要不要干点儿轰轰烈烈的大事？"

"就我俩？"

"对。两个人干的事。就好像……"

"雌雄大盗？"

"差不多吧……你大概也懂了。"

"我当然懂。不过，要当强盗，迈出第一步不容易哦。"

"来猜猜看，我俩谁先挑事。"

"好啊。"

"你。"

"讨厌！"

B　女向男求婚

"你，讨不讨厌平凡的结局？"

"倒是不讨厌。"

"很平凡的那种……哦对了，你讨厌平凡。"

"我说了不讨厌嘛。"

"这么说，你也动心了？我一直觉得喜欢平凡结局的只有女人，所以没好意思开口。"

"……我们结婚吧？"

"虽然讨厌你这么机灵……不过，我会说好啊！立刻！"

三

　　沾染口红印的衬衫，是漫画中常见的元素。妈妈发现爸爸的衬衫上沾染了口红印，严厉逼问——漫画中的这种画面连小学生都看见过，通常是以爸爸道歉收场的。在现实生活当中同样如此，男方的出轨行为一旦败露，他也会道歉，保证不再犯。话说回来，如果男方心中还有夫妻情分，一般就会道歉，但如果已经不爱对方了，出轨行为的暴露会导致夫妻关系愈发冷淡。

　　男人自古以来就有个坏毛病——把偷情当做荣誉，喜欢把女人吃醋当做爱情的证据。衬衫上的口红印，即便是电车上打瞌睡的邻座女人靠过来时偶然沾染上的，有的男人也会故弄玄虚，故意背黑锅。还有一种情况，有的女人很看不起老公，一口一句"别人哪里看得上你"，男人便起了逆反心理，故意出轨，以证明自己也是挺受欢迎的。这种情况在女人身上比较少见，就好像被母亲视为"胆小鬼"的儿子，偶尔也会打上一架，受点伤，令母亲大惊失色，自己却乐在其中。

如果把出轨行为看成一时起意，对于男人而言算不上什么人生大事。最理想的出轨就好像夏天傍晚的雷阵雨，来得快去得快，不留下任何痕迹。然而女人出于本性，无法理解出轨男人的这种心理。她们站在与自己男人偷情的女人的立场上想问题，自然会以为自己老公的出轨行为将会绵绵不绝，绝不会像那迅疾猛烈来去无踪的雷阵雨。所以，即便男方说那是一时鬼迷心窍，女方也会不依不饶，讨伐到底。其实男人也没在偷情上尝到多少甜头，却被老婆劈头盖脸好一顿谴责，自然难以接受。对于出轨这件事，有些人抱着"玩一玩"的心态，有的人则是相当认真的。前者未必就是浪荡公子，后者也未必是诚实正派的老实人（后者当中，竟然有同时爱三四个人的"情圣"）。而一个简单而正常的男子，在爱一个女人的同时，想必也能够享受一场如暴风骤雨般的婚外恋。

一方的出轨行为败露之后，另一方最需要注意的是：不要太聪明了。这种时候，切不可依赖理性。理性最能忽悠人。我曾经谈过理性的种种效用，而在突发事件面前，理性往往带来负面效果。

出轨一旦败露，最好的解决方式是放开了大吵一架，或拳打脚踢，或乱砸东西，释放一切，反倒是最健康的。有一对夫妻，丈夫风流成性，吵架是家常便饭，两人互相扔饭碗。在和睦相处的时候，夫妻俩商量着买来非常高档的饭碗，寻思这样就不会摔碎了——结果没撑过三天便又砸碎了。不过，吵架归吵架，这对夫妇的感情还是很好的。

　　对出轨行为采取睁一只眼闭一只眼的态度是非常危险的。当然，也有人会因为没有打翻对方的醋坛子而自觉无趣，主动罢手。殊不知男人都是蹬鼻子上脸的东西，一旦女方睁一只眼闭一只眼，便放下心来，难保不会变本加厉，在偷情之路上越走越远。男人大体上不会主动坦白自己的出轨行为，只等着哪天败露了。女人也同样如此。只不过女人的把柄不好抓，败露的风险比男人要低得多。

　　男人当中有这么一种特殊的类型，他们把自己的风流往事一一向恋人坦白交代（尤其常见于恋人比自己年长的男人），收效颇佳。女方爱他诚实，其实说实话，这种男人很懂得女人的心。

　　出轨的男人在某种程度上有罪恶感，希望遭到惩罚。而女人对此睁一只眼闭一只眼，或许是不懂男人的这种心理。怯懦的男人罪恶感尤其强，他们故意向老婆也好女朋友也罢坦白自己的不忠，以换取内心的安宁。一旦女人对此视而不见，他的罪恶感便无所适从，以至于心理进一步扭曲，对女方爱理不理，感情进一步冷却。

　　女人必须像一台高精度的雷达，确认男人是不是认真的。如果男人用情很深，那么给他的路只有两条：一，等他回到自己身边，二，马上分手。大部分女性会选择坚守，从而获取最终的胜利——因为男人就像鸽子，有归巢的本能。

　　为方便理解，我引用两部各位想必已经看过的电影。一部叫《七年之痒》，另一部叫《乱世忠魂》，前者是喜剧，后者是悲剧。这两部电影切实地反映出一个道理，男人偷情往往被当做喜剧，而女人偷情则往往以悲剧告终。在《乱世忠魂》中，黛博拉·蔻儿出演已婚女性，这个角色她在《巫山梦断肠》中也演过，两者都是悲剧角色。社会环境等因素决定了女性的出轨不可能像转瞬即逝的暴风骤雨，在电影和戏剧中，女性的出轨行为也不全是出于肉体因素，精神层面也有深深的介入。所以，女性出轨的这一特色使它较多地成为艺术创作的题材。

有人说，女性的出轨不仅限于发生肉体关系。年轻的太太在厨房门口和推销员谈笑风生，也算一种出轨。女性的出轨带有很强的精神特性，因此也就更加危险。男人能够根据情况将肉体和精神区别对待，而在女性心目中，肉体和精神紧密相联，二者之间的界限是模糊的，连她们自己也分不清，哪部分是肉体的，哪部分是精神的。男女差异在出轨这件事上体现得特别明显。自从包法利夫人以来，出轨的女性从来都是悲剧的主角。

我站在男性的角度看，黛博拉·蔻儿所饰演的出轨太太有一种惊心动魄的妩媚。比如在《乱世忠魂》中，伯特·兰卡斯特饰演的士官长在雨天私会黛博拉·蔻儿饰演的首长夫人，两人接吻的画面洋溢着只有黛博拉·蔻儿才能演绎的不可思议的冷艳。男性是积极主动的，偷情更是令他彻底丧失自控能力，一口气直奔主题。但女性在出轨的时候，即便是出于自身意愿，也会有灵肉分离的感觉吧。所以，当我看到黛博拉·蔻儿冷艳的外表下热情燃烧的那一幕，仿佛看见她那已经失控的肉体正一点一点叛离冷艳的外表。

一直以来，男人害怕自己的恋人或者老婆出轨，其实就是害怕这种失控的局面。

出轨败露，修复关系失败

男：对不起啊。

女：……

男：别生气了。我这不道歉了嘛。

女：道歉有什么用。事情都发生了。

男：那你想怎么样？

女：那你想怎么样……这句话也来得太快了吧。你怎么不多为自己辩解几句呢？也算是礼貌吧。

男：我有什么好辩解的。难道你喜欢黏黏糊糊的娘娘腔？我做不来。

女：你倒是挺利落啊。别以为我会喜欢你这点。闷声不吭，先斩后奏，我觉得你这阵子太会耍滑头了。装傻是不是？别以为你这一辈子总会顺风顺水。你这个人，没一点儿情趣。

男：哎哟哟，给我下判词了。

女：我可不是在吃你的醋。千万别误会。

男：你就别装了。

女：谁像你呀，从年头装到年底……我不恨那姑娘，她也是受害者。你这个人，招招卑鄙，恨得我牙根痒痒。你以为闷声不吭就算有诚意了？要论闷声不吭，玩具娃娃、家门口的邮箱，比你强几百倍还不止。太不可靠了你！白白长了一张老实可靠的脸，时不时卖弄温柔，心里想的却是别的女人。

男：你到底要我怎样嘛！

女：（男人的这句话戳中了女人的要害）说了也白说，你做不到的。

男：我做不到？哼，出轨我就做得到。

女：就你那张脸，还好意思当情人？笑死人了。

男：那你的脸呢？

女：没话说了。

男：啊？说到脸就没话说了？

女：卑鄙下流……我懒得生气了。你简直跟蛇一样恶心。

男：随便你怎么说。我这辈子都不想和你说话了。

女：我也是。

男：哼，走着瞧，转眼你就回心转意了。

女：别小看人。告诉你吧，我恨自己瞎了眼，跟你这种人谈恋爱。现在我不生气了，我算是看明白了。

（两人的关系就此告终。）

出轨败露，成功修复关系

男：对不起啊。

女：……

男：别生气了。我这不跟你道歉嘛！

女：道歉有什么用……

男：你说什么？

女：你多道几回歉呗。

男：搞不懂你。

女：我饶不了你！饶不了你！饶不了你！

男：哇，天雷滚滚。

女：你严肃点好不好？我是认真的。

男：男人啊，已经无地自容了。现在我严肃不起来啊……

女：你就装一个呗，哪怕是演戏也行，别嬉皮笑脸的好不好？

男：……

女：我想哭。

男：哦，你哭吧。

女：那我真哭了。不过我觉得我哭不了多久。你不喜欢女人哭，对吧？（说着就哭了）

男：（深情地）……对不起啊。

女：（不由自主地）嗯……哎呀不行，不行不行，道歉也不行。

男：道歉也不行啊？

女：我……我一开始就原谅你了。受不了自己这一点，太没骨气了。

男：我保证，一定不让你伤心。

女：可是，你已经伤了我的心。

男：我知道。所以……

女：所以什么？

男：所以我保证将来不会再犯了。

女：将来的事情谁知道呢？你我都不知道。

男：瞧你，尽说丧气话。

女：是我一直以来太缺乏危机感了。甚至从来没担心过将来……不过，我并没有变得那么不幸。现在我有了危机感，总感觉全世界都是亮晶晶的玻璃碎片。不过，这种感觉还真不错呢。我好像比以前更爱你了，太可怕了！

四

都说相逢是离别的开始,日本人长期受佛教思想的熏陶,"会者定离"的观念深入人心。在这一点上,日本人抓住了恋爱的本质。拿西洋建筑和日本建筑做个比较。西洋建筑用的材料是砖头、水泥或者石头,地震也震不塌,即便年久失修,人没法住了,依旧是岿然不倒。日本的屋子是用木头搭建的,正所谓"结则草庐",台风一吹,踪迹全无,就是这么脆弱。所以日本人深知恋情的脆弱虚无——生活本就毫无可靠性可言,对此深有体会的日本人自然觉得恋爱也是如此。

君不见日本古代描写离愁别恨的诗歌一大堆,所以说假如有一门叫"恋爱学"的学问,日本人称得上是大家。可是现如今,人们的思想逐渐西化,越来越多的人认为恋爱是用钢筋水泥、用石头打造的。尤其是女性,打心眼里向往那种台风吹不跑、地震震不倒的坚固爱情。这也使得男人越来越难说分手。上面用建筑物打的比方很贴切,分手之难,与其说是爱情的力量使然,倒不如说是习惯了在一起。

相见容易别时难,都说恋爱的精髓在于分手,能做到好聚好散的人才是高明的恋人。花花公子之流,也有遭对方怨恨者,以及令对方久久回味者。后者才是理想的类型。我觉得这种人之所以能做到"好散",归根结底依靠的不是技巧,而是人品。能给人留下美好回忆的只有好人品,滥用技巧反倒难以收场。

人谈恋爱,除非最终步入婚姻殿堂,否则只能以分手告终。在封建时代，男女恋人自主分手反倒是稀罕事，大多是迫不得已，而那些无论如何也不愿分开的恋人，有不少选择用死亡来解决问题。近松门左卫门净琉璃作品中的殉情故事，大抵并非因为感情出了问题，而是环境所迫，以至于恋爱面临危机，一了百了。当今是个人主义盛行的时代，殉情已经不合时宜，根植于个人主义的新型恋爱不会选择以死了结——男女双方自愿分手，同时尽量不伤害对方，这才是现代人的做派。分手时男方切不可自说自话，女方也有必要掌握分手的技巧。

说一部法国老电影《玻璃城堡》。让·马莱扮演的主人公和一个有夫之妇坠入爱河，他便去和现任女友分手，且看这一幕——现任女友还是爱他的，所以分手相当痛苦，但她没在男人面前流一滴眼泪。男人宣布他俩的恋情走到了尽头，女人没有流露出一丝留恋，淡淡地目送男人离开。在男人出门之后，她才走到镜子前，开始哭泣。

可见，只有自尊自爱者才能漂亮地分手。分手时务必要小心，不能伤害对方的自尊心。而最令人头疼的，是对方没有自尊心的情况，换句话说，就是爱得太深，以致丧失自尊。在日本的传统女性中，这种人比比皆是。她们明知男方已经心灰意冷，却还像小狗一样缠着不放，结局难免是雪上加霜，伤上加伤。在分手的时候，如果双方都还有自尊，分手自然干净利落。双方都有自尊，意味着他们的恋爱有分寸有矜持，谈这种有分寸的恋爱，要求双方的精神是相对成熟的，要是没到那个境界，分手会导致各种悲剧。远的不说，最近有个男青年，认为纠缠不休的女友是他出人头地的障碍，将其杀害后埋在地下。这起悲剧的男女主人公，精神上都很幼稚。

追求异性是有一定套路的，只要路子对，成功就有保证，但分手的技巧没有普遍性可言。为什么这么说呢？分手靠的是人品，看的是人格。

有一个电影明星，听说他与人分手时只说一句"我腻了"，就分手了。短短一句"我腻了"，女方听了顿时语塞，也不好死缠烂打，简直是天衣无缝的神技。但这招不是谁都能用的。他那富家子弟特有的温吞水一般的性格、温和得体的态度，是他分手成功的要诀。

平常人没有那般道行，只得讲究技巧。芦原英了写过一篇揭露他舅舅藤田嗣治的随笔。用芦原的话说，藤田嗣治是个"取其精华"的角色。具体来讲，他在跟某个女人交往时，会把她身上的所有优点，不论是肉体上的，还是精神上的，统统率先享用，等享用完了，再把她扭转成另一种人格——恶妻怨妇。

到底是怎么一回事呢？起初明明是纯情可爱的女人，一经藤田之手，便渐渐沦为一个醋坛子，一个烫手的山芋，十分吓人。殊不知这是藤田的计谋。在世人看来，藤田是受害者，男人纷纷向他表示同情。这时，藤田会为女友物色一个年轻的新情人，女友随即移情别恋，离开他身边。表面看上去是他被女友踹了，俨然一介遭到抛弃的可怜人，其实一切都是他计划好的。他背过身去暗自发笑，着手发展新一任女友……

我拿藤田举例，无意诋毁他的人格。我想说的是，会玩这一手的中年男性不在少数。为了将女人倾注在自己身上的热情转移到别处，必须为她创造一个发展新恋情的环境，首先便是引导她厌弃自己。不过话说回来，这一招属于高阶技巧，需要极大的耐心，不推荐给年轻人。

作为男人，即便是抛弃了女人，也要装出被女人抛弃的样子，这是恋爱的礼仪。也就是说，要维护女方的体面，让她们以胜利者的姿态示人。事实上，那些成天把"我被人甩了"挂在嘴边的男人，不少是情场上的常胜将军，而那些老是说甩了女人的家伙，往往是被抛弃的那一方。非常自信的人，是不会把抛弃别人当做荣耀的。

照例举例说明。且看下面分手双方的对话，恋人之间是柏拉图式的精神恋爱，还是已经有了肌肤之亲，其实难以区别。如果是前者，那么双方恐怕会启动痴男怨女模式，肉麻得令我不忍下笔写出来。话说回来，当今不少年轻恋人在分手时，即便两人谈的是纯纯的精神恋爱，逞强的一方也会滥用一些很黄很暴戾的语言，令对方彻底死心，比如电影《处刑的房间》中有一句重口味台词："你就是脱光了，我也硬不起来！"

类型一　嘴硬型

男：我们是不是分手比较好？

女：好不好你说了算。我不管。

男：别激动嘛。我的意思是你可别追着我不放。

女：没人说要追着你不放。

男：看你的表情就是要追着我不放。

女：听你的口气，是想让我缠着你吧。

男：哼，你可真瞧得起自己。

女：是你自我感觉太好了。

男：得了，别吵了。和平分手吧。

女：分手又不是按剧本演戏。说和平就和平了？你这个人，就是爱装。

男：啰唆。总之，我不想见你了。

女：那你就去藏起来。

男：能不能好好说话？我不想跟你吵，是你挑头的。

女：我才不想跟你吵呢。

男：行，那就好。这就算结束了。

女：……就这么着吧。

男：怎么感觉心里空荡荡的。

女：就像这片秋天的天空，空荡荡的。

男：（分手成功，有点得意，人也变温柔了）今后见了面，也打个招呼呗，怎么说也是老朋友嘛。

女：随你便，我大概不会理你。

男：还在纠结啊。

女：回家一个人想一想，说不定转身就把你忘了。

男：像你这样不流眼泪的女人还真少见……当然了，总比眼泪汪汪的女人好。

女：为这点事值得哭吗？

男：你还真不当一回事呀。

女：我现在是彻底明白了。我压根儿就没爱过你。从头到尾。

类型二　哭诉型

男：（哭）我对不起你，说出那种话。我没打算说的，可就是不小心，说了分手……你忘了吧，忘了我说的话……（边说边观察对方的反应）可是覆水难收，既然说了，那就没法反悔了。对吧？你说呢？

女：（哭）算了……算了……别管我。

男：（哭）怎么了？为什么别管你？

女：（哭）我想一个人待着，慢慢想一想你说的话。

男：（哭）啊，你别这么说嘛。我俩应该静下心来，为将来的幸福好好想一想。我也是苦苦想了很久，才说出那种话的。

女：（哭）也为我想了？

男：（哭）是啊。我没为自己考虑，光替你着想，方方面面我都考虑了，可就是得不出结论。我终于明白了，只有我退出，你才会幸福。

女：（哭）我不要你退出。

男：（哭）说得难听点，有我在你不会幸福的。这都是为你着想啊。

女：（哭）不会的。

男：（哭）会的。我只会折磨你，只要我在你身边，你不会幸福的。

女：（哭）不会的。

男：（哭）我说了会的。你这个人，太迟钝。傻姑娘就是拎不清。

女：（不哭了）我傻？你说我傻？！好啊，那我就成全你。我再也不想见到你了，分手吧。再也不见。

类型三　沉默型

女：你怎么不说话？

男：……

女：对我没感觉了？是不是？

男：……

女：你是想分手吧？白眼狼！亏得我对你那么好。白眼狼！

男：……

女：你倒是开口说话呀？我知道你是什么人。你想分手是吧？问你话呢。想解脱是吧？

男：……

女：我懂了。你不用说话了。分手吧。来，最后握个手吧。

男：……

（1955年12月至1956年12月连载于《明星周刊》，三岛由纪夫口述）

终结的美学

婚姻的终结

一般认为，男女之间的风流韵事总有终结之时。既然迟早要分手，与其搞得很难堪，还不如潇潇洒洒说再见。俗话说得好，结局好一切都好。

说到婚姻，事情就没那么简单了。一般认为，婚姻是不会终结的。强行终止婚姻的"离婚"谈不上什么好坏，然而，不论采取什么方式分手，离婚都是一件丢面子的事情。

我们都知道婚礼是结婚的仪式，却从来没听说过离婚的仪式。结婚时，一对光彩照人的新人从礼堂门口走进来，一旦闹了离婚，百分之百是灰溜溜地从市民办事中心的后门溜出去。依我看，索性搞一场离婚仪式。地点就在办婚礼的地方，把当时邀请的客人都叫来，用当时的菜品招待他们，全过程就像电影的倒放镜头——男女双方一人拿一半切开的婚礼蛋糕过来，啪地合在一起，请一位"证离人"来致辞，双方归还婚戒，卸下婚礼盛装，回归平时打扮，在宾客隆重的掌声中，两人背靠背走出礼堂，向对方说声"bye bye"……这主意不错吧。不过，反正我是没听说有人搞过。当然了，这事得花不少钱。

我觉得婚姻稳固的主要原因，全是因为在婚礼上收到了太多太多的祝福，什么"白头偕老""永结同心"，过了两三年就一拍两散，岂不是太没面子？有个明星，大胆践行"合同制婚姻"，给婚姻定了一个期限，到后来还不是拖拖拉拉，绵绵无绝期。

　　限制人行为的合同都是有期限的。好莱坞的当红影星，签约最长者也不过十年，合同到期后，如果双方都有意向，续约就行了。我们动笔杆子写文章的人，最长签三年合同。

　　人说夫妇要白头偕老，然而从合同的角度讲，婚姻的期限太长了，是无法成立的。不过，我也没听过有谁在签合同五年后就揪住胖嘟嘟的老婆上法院告她违约——她胖得太早了。有的婚姻关系很长久，老夫老妻在结婚五十周年搞金婚纪念，依我看，这几十年里，他俩暗暗地"续约"了好几次——

　　"怎么样？再坚持坚持？"

　　"嗯。孩子刚上小学。"

　　"走一步算一步嘛。"

　　"嗯。凑合着过呗。"

　　当然，这番话是不能说出口的。夫妻俩用眼神和身体交流信息，达成共识，"续约"若干年。妙就妙在这种交流不借助语言，全仗心领神会。有些话一旦说出口来，就做不成夫妻了。

　　女性杂志上说，性爱是维系夫妻关系的唯一纽带。新婚时的干柴烈火维持不了几个月，这所谓的唯一纽带，恐怕也系不住有心分飞的劳燕。说到底，婚姻就是——

　　"这个女人似乎这辈子都在我身边。"

　　"这个男人十有八九会陪我到死。"

人生如苦海，两个人结为夫妇，为的就是扎一个小小的温柔乡。说什么"为了孩子"，那都是借口。婚姻本身就是婚姻的目的，换句话说，其实就是："为了在一起而在一起。"

艺术至上主义者鼓吹"为艺术而艺术"，类似的，世界上大部分夫妻都可以称作是"婚姻至上主义者"。所以说，如果一对夫妻因为闹矛盾而离婚，而不是死亡把他们分开，这将会致使我们在人生旅途中损失一个信念。

看一场电影一个半小时。

吃一顿饭一个小时。

做一次爱差不多也一个小时。

酒吧开到晚上十一点半。

密纹唱片单面播放半小时……

本以为只有婚姻是例外，没想到——

婚姻也就两三年的样子。

婚姻的长度，跟密纹唱片、酒吧、电影相比，也就是一个略长些，其他的略短些罢了。这样一来，世界上就没有了"例外"，不复存在值得为之付出辛苦努力的东西。天主教大概是因为看到了这一点，所以才禁止一切形式的离婚。

去动物园看看，那里经常把一公一母安排在一个笼子里。神态固然是无聊空虚的，但吃喝不愁，比那些自由但饿着肚子的野生伙伴们活得长久。

有情饮水饱——如果你二十二岁，那很浪漫，很棒。可如果你四十岁，那就跟流浪汉差不多，如果你五十了，别人会以为你是疯子。

离婚后，不论男女都会觉得自己恢复了自由身，再次燃起有情饮水饱的激情，以为自己迎来了第二春，感动不已。而在旁人看来，他们身上哪有什么浪漫。韶华已逝去，青春不再来。

让婚姻完美收场的最好办法，就是隐婚。我认识一个人，他隐瞒自己的婚姻十几年，没人知道他曾经结过婚。要是没有勇气请人吃你俩的散伙饭，当初何必办什么婚礼。婚礼、喜宴又不是法律规定一定要办的。然而人这种动物，考虑问题不可能周全，做不到从一开始就埋下伏笔，以便在将来完美地了结。

电话的终结

某商社的电话接线员做过一个调查，结果显示，电话交谈末了最常用的词是"domo"。有九成的男性、七成的女性用这个词来收尾。

这个"domo"，意思模糊不清，特别能体现日本人的含蓄，日常使用起来也是格外便利。更有甚者，还要学晚会主持人的腔调连说两遍——"domo domo"。我最听不惯在电话末尾说两个"domo"的人，恨不得杀了他。自说自话，毫无诚意，自我感觉好得很……搞不懂电话公司是怎么想的，干吗给这种人装电话呀？

单说一个"domo"然后挂上电话，也还说得过去。有的人明明什么坏事也没做，张口闭口"不好意思"，明明没得到什么好处，一口一个"谢谢"，这些礼数就属于过度了。还有一种人，打来电话，开口就说"不好意思，给您打电话"，挂电话时又说"多有冒犯"，我真想怼他："你明知是冒犯，还打电话给我干吗？"

根据这家商社的调查，男人最常用的结束语有这么几个：包括刚才说的"多有冒犯""告辞""domo"，以及"那就这样""再见""辛苦了""再联系"等等。女人的情况大同小异。这些套话的潜台词是——你瞧,我在为社会大机器的灵活运转添加润滑油吧?我这个小齿轮没有生锈吧?所以说,也没必要像我这样抠字眼挑毛病。

上面介绍的都是公对公的电话。"那就这样"的弦外之音说不定是:"哼,小气鬼,鬼才要见你。"

男人经常要为了工作而旅行,出差乃家常便饭。出差的男人到了落脚的酒店,都会想给"另一半"打电话(单身汉打给女朋友,成了家的打给老婆),此乃通病。接下来我要说的情况我想谁都经历过——两个人开开心心地煲电话粥,有说有笑,到了最后女方说(说这种话的必然是女人):

"那你就好好享受吧。"

"那……算了,没事,再见吧。"

说完便挂了电话。男人听了心里咯噔一下:她到底想说什么?欲言又止,弦外有音啊。或者是前面说得好好的,到说"再见"时,女人的腔调突然变了,听着有几分凶险,令男人背上一凉,刚刚和谐融洽的气氛一下子烟消云散。

挂了电话,最后一句的余韵化为千钧泥沙淤积在心头,世界顿时失去了颜色。男人真是自说自话的东西,离家后体会到自由和解放,下一秒就想着和家里那位打个电话,目的是增强当下的幸福感——现在倒好,电话那头女人的最后一句,彻底摧毁了男人的幸福感,空余莫名的不安。

酒店窗外满目湖景,一轮皓月挂在湖心小岛的松枝上,月光倾泻在榻榻米上,刚刚舒舒服服地泡了个澡,一会儿还有人端酒过来……如此良辰美景,转眼间灰飞烟灭。电话末了那奇怪的腔调搞得男人心烦意乱：

"不对劲啊，是不是有什么事瞒着我？不想让我知道？难道是……她早就对我不满了？不再爱我了？借我这次出差的机会，给我一点点暗示？"

事已至此，不妨再打个电话回去确认一下？不，这关系到男人的面子。再说了，光在电话里聊没用，还是无法放下心来。可见，电话那头的声音，就像是看不见摸不着的刺客，足以让人心烦意乱。办完事，男人心事重重地回到家中，女人却一脸无辜：

"哎呀，我那么说了？"

"你说了啊。到底什么意思？"

"没什么意思啊。你自己想多了。"

电话末了那句话令男人很受伤，女人却压根儿就没那个意思。说不定是她刚好瞧见被炉上的猫咪打了一个哈欠，一分神就随口说了一句古怪的话，仅此而已。

电话末了的话，有时候真能左右一个人的命运。打个比方，说完"是吗，是这样啊……"便啪嗒挂掉电话。说话的腔调，以及那种话说半句、话里有话的感觉，有时候真能把人逼上绝路。这时的电话堪称一种心理凶器，将措辞、声音、语调等因素综合在一起形成合力，赋予最后那句话以杀人的威力——关键是看不到说话人的脸。

到了可视电话普及的年代，电话的终结就跟电视剧的结尾差不多——打出一个大大的"完"字，接着播放广告，热热闹闹地结束，不会在对方心里留下可怕的余韵。

让·科克托创作的独角戏《人声》里，女人给薄情汉打电话，

幽幽怨怨,大吐苦水,最终用电话线勒死了自己。她临终时朝那位看不见的恋人呼喊道:

"……快,挂电话吧。挂吧。你先挂!挂吧!我爱你,我爱你,我爱你,我爱你,我爱你啊……"

流行的终结

几年前的夏天,银座有一家跳"猴子舞"的电子音乐俱乐部。起初我觉得这玩意儿太有意思了,接连一个星期天天去,后来觉得与其自己瞎蹦跶,还不如坐在椅子上,欣赏别人的舞姿来得更有趣。

不少人独自前来,一个人蹦跶上两个钟头,最后独自离开。这一点跟溜冰倒是很像。瞧那家伙,刚刚还呆呆地坐着,一副了无生趣的表情(最近很多年轻人就是这样的),冷不丁起身跳起舞来——挺起下巴,弯腰撅屁股,双手交替上扬下摆,活像猴子拍苍蝇。那个癫狂,那个陶醉,和刚才简直判若两人。这一幕惊人的变化,让一旁观察的我乐不可支。

我和俱乐部的经理相熟,和他聊天:

"这阵风恐怕也就刮一个夏天吧。趁机捞一把,早点收场。你觉得呢?"

他回道:

"是么,我倒是觉得能火到年底。"

果然是内行人,预测得真准。电子音乐果然火了一整年,在辞旧迎新那段时间微微显出颓势。电子音乐强劲的高压电也沦落成涓涓细流了。

在大众娱乐方面，布基伍吉舞、摇滚乐、扭摆舞等，也曾流行一时，后来全都销声匿迹了。女装的流行也是一样，什么束腰装、布袋装，后来都没了。说起束腰装，它那带褶子的宽大下摆，让我联想起没落贵族小姐们那美丽而落寞的容颜。而布袋装，则让我联想起沉迷最后一段不伦之恋的摩登女郎。

说到布基伍吉舞，战后日本动荡的时势造就了生猛鲜活的笠置静子——裹着一身豹纹装，在日剧戏院的舞台上奔走狂舞的一幕浮现眼前。偌大的舞台还不够她蹦跶的，一边跳还一边喊：

"我在丛林里，我在丛林里，哇噢——哇噢——"

此外还有跳火鸡舞的京町子，用火鸡姿态展现了妖娆的官能美。往事历历在目。

现在我也不年轻了。正在读这篇文章的你们也一样会变老。将来有一天，你会说：

"以前有一种电子音乐，挺带劲的。"

紧接着就被孙女笑话了：

"哎哟，奶奶，你这是哪年的老皇历了？"

一切流行，都会像樱花那样败落凋零。

一说到流行，人们往往觉得它是一种肤浅的东西，殊不知这种现象在动物身上是见不到的，它体现了文化和人类文明的本质。你们有没有听说过这种事？猫咪说今年流行杂色皮毛，于是附近的猫咪全都换成了杂色的皮毛；犬类最近流行学猫叫，于是斗牛犬、哈巴狗等纷纷跟风，"喵喵"地叫起来。没听说过吧。

动物之间所以不会产生流行，是因为动物受到自然条件的约束，如果人也受到自然条件的约束，只能维持最低水平的生活，那也是产生不了流行的。人类违抗自然，弄一些东西在身上，又是唱歌又是跳舞，这才造就了流行。

那么，为什么流行很快会终结呢？因为人腻了。为什么腻了就抛弃？因为抛弃流行不需要付出代价，不痛也不痒。家里的老爷子特别烦人，早就腻歪了，可就是抛弃不得——抛弃了他，谁给我生活费？那些迷恋电子音乐的潮男潮女不得不忍受自己的父母。尽管在他们眼里，父母是落后于时代的"老古董"，最看不惯。

流行有一点很有趣，就好比奴仆厌弃了主人，换了一个又一个。一般来讲，都是主人厌弃奴仆，挨个开除，换了又换。流行就不一样了。奴仆对主人崇拜得五体投地，向主人奉献身心，忽然就翻脸不认人了。刚刚还是万人追捧，转眼就成了明日黄花，个中原委连流行自己也没搞清楚，一头雾水地被迫走下神坛。

在如日中天时急流勇退，有这等自知之明的流行可谓罕见。成就那些幸运儿的，只有突然降临的死亡。鲁道夫·瓦伦蒂诺、詹姆斯·迪恩、赤木圭一郎……这些人不用担心自己会过气。所谓"永恒的流行"，也就是突然去了大家都够不着的地方，位列仙班了。

干净的东西必然会肮脏，白衬衫必然会沾染污渍。每个人心里都明白，世上所有的新鲜、清洁、雪白，都不会长久。这个残酷的事实督促人们抓紧时间疯狂地爱它，因为转瞬间，它就会被手上的油污弄脏。

不论流行如何肤浅，在它迎来终结时，人们也把自己的一部分青春与激情一道埋进时间的坟墓。一去不返的不只是流行，还有曾经为它疯狂的你。

你捏死了手掌中的蚊子,不用再担心被它叮咬。然而,嗡嗡作响的蚊子和你共存的那个喧嚣的世界,就此不复存在了。

处男的终结

一般而言，男人对于"处男的终结"是没什么好感伤的。男性告别处男，名为终结，实为新的开始，跟染指烟酒什么的差不多意思。有的人觉得美味，有的人不喜欢那味道，也有的人会觉得有点苦。同样的道理，告别处男后，有的人大喜过望，有的人会心一笑，有的人则现出自嘲的苦笑（"呵，也没什么大不了的嘛！"），更有甚者，心里没起任何波澜。总之，没有人会伤感。

假设有一所处男学校，规定于毕业典礼那天的晚上集体告别处男，当天早晨的毕业典礼上，男生们合唱《萤之光》，手拉着手惜别处男之身，抽巾抹泪……我想没人会报考如此荒谬扯淡的学校吧。

在男人的世界里，处男之身是可耻的。明明到了年纪还在炫耀自己是处男，依我看不是大怪人就是大骗子。男人特有的冷静沉着、理性的判断力等等，都是在告别处男后得到的。处男圈子的思维方式，往往带有源于禁欲的负面性。尼采说过这样的话："贞洁对于有些人来说是道德，然而对于更多的人，它是恶德。"一语中的。

女性告别处女，不是为了认识人生，而是为了参与人生。然而男性告别处男，认识人生的意味大于参与人生的意味。所以，"知道了也就那么回事"，这句话必定是男人说的。

我在思考一个问题——真有"告别处男"这回事吗？

告别处男，确实意味着积压多年的求知欲得到满足。但男性的求知欲不会就此耗尽。假如男人在告别处男后便失去了求知欲，那么多诺贝尔奖获得者是从哪里来的？

假设男人对于性的求知欲在告别处男后得到彻底的满足，那么这些对于性的求知欲会不会就将百分之百转化为高尚的对科学的求知欲，男人从此便全身心投入科学研究呢？其实人是做不到的。求知欲是高级欲望和低级欲望的混合体，人在沉浸于高级欲望时，低级欲望也会像地下水那样漫溢，然后人又不得不为满足低级欲望而狂奔。

有第一次就有第二次，有第二次就有第三次、第四次……第一百八十七次，或许不如第一次那般满足，但性质是一样的，半斤八两。就这样，男人在一生中循环上演"告别处男"的戏码。至于性爱技巧的提升，可以说是最微末的问题吧。

舞台上的演员常说：

"每次登台献演，我都当是初次登台而努力。"

"勉力精进，不忘初心。"

一样的道理。男人可能到死都在重复"告别处男"的过程。或许有人会说我的话太无耻，殊不知这里埋藏着男人作为雄性动物的悲剧。大家知道，雄性螳螂在交配后会被雌性吃掉，同理，作为动物的男人也在"告别处男"的一瞬间到达了生命的巅峰，完成他的动物使命，于是，他随时可以去死了。

然而，托科技发达之福，人这种动物没那么容易死了，所以在完成动物使命之后，人还是活着，并且渴望重返生命之巅。上了年纪，得了高血压、心脏病，吃维生素和激素制剂，喝枸杞茶吃九龙虫，觊觎生命之巅，一次又一次地"告别处男"。所谓的生命之巅，其实和死亡也就一纸之隔，这是雄性生物的宿命。

男人在活着的时候，就这样孜孜不倦地、机械地重复着"告别处男"的行为，几百次，几千次。可惜除了第一次是真正意义上的告别处男，其余的都是假的。那些个精于性爱的"老司机"，不过是把同一场戏演上几百上千遍，熟能生巧罢了，和微末的江湖艺人差不了多少。

说到这里，问题就来了：真正的"告别处男"，是怎样的呢？

它只会出现在一种男人身上。他身为一介雄性，活出最美的自己，然后迅速死去。特攻队的小伙子即属此类——在奔赴战场的前一晚，第一次尝到了女人的滋味。女人的温柔，女人的美丽，女人的丰饶，女人的脆弱……如暴风骤雨般，一夜尝尽。

"原来女人是这么一回事。我懂了！"

小伙子了了心愿，断了念想，神清气爽，朝着黎明的天空进发，一头撞向敌舰，灰飞烟灭。

我觉得这才是真正的男儿。对于男人而言，冲向生命和奔赴死亡是一回事。话说回来，如果是一头撞到豆腐上，就不怎么壮烈了。街头巷尾那些洋洋得意地炫耀自己告别处男的小年轻，他们正是撞在不死不活的豆腐上了。我想，在接下来的人生中，他们会一直重复那些不死不活的表演。

女文员的终结

在日本，女文员的终结等同于结婚。即便不谈恋爱，周围也有很多人叽叽喳喳地催婚，最终把婚结了，所以很少见到像美国单身女性那样的悲剧人生。美国电影中常见女文员跟多金男喜结连理的桥段，正因为这是她们的痴心妄想，所以才会被拎上银幕。在纽约之类的城市，女文员生涯根本没有尽头，没结婚是女文员，结了婚还是女文员。那些嫁给工作的单身女文员渐渐远离人生幸福，而工作上越来越成功。薪水很高，所以能存下不少钱，还能出国旅游。欣赏过凯瑟琳·赫本主演的《艳阳天》的读者应该吃透了这类老姑娘的心理状态：有了一点资产，便越来越不相信男人，一心认定前来求婚的都是盯上她存款的骗子。越是不相信人，攒的钱便越多。晚年独自生活在公寓，养着猫狗宠物，存款足够吃穿用度，不必再工作，心想有个朋友该多好，可惜没有。从早到晚，一个人待着，好想跟人说话，无论是谁都行，于是冒着大雪去附近的咖啡馆，独自坐在吧台前喝咖啡。

"今天好大的雪。"

她鼓起勇气搭讪服务生。服务生忙于招待不搭理她，于是她便彻底失去了一天当中唯一一次跟人说话的机会……

我用美国的悲剧来开篇，是因为日本的职场还是比较优待女人的。每个月工资如数上交，世界之大，也只有日本的老公是这么做的，日本的女文员只要结了婚，必然有这个待遇。至于婚姻大事，身边的七大姑八大姨肯定会妥妥地安排好的。既然如此，何必拼死拼活为公司卖命呢？打个贴切的比喻，日本女文员的生活，就好像一天中的下午茶时间，几个小时后将迎来大餐。喝下午茶自然不会上什么大菜，一块三明治、几块小曲奇就打发了，倒是可以开开心心地聊聊天，穿上漂亮衣服赏人心悦人目，看看谁不在，就说说他（她）的坏话，不用谈高深的人生大道理，轮流给大家沏茶，中途有电话打来就去接一接，关心关心老主顾……不多久，窗外夜幕降临，华灯初上，便赶紧起身。路灯亮起，意味着适婚的年龄来到了，得赶紧起身回家，否则就赶不上回家的巴士了……

然而事实上，很多女性在辞去工作后当上了酒吧的女招待。据说银座女招待当中有百分之七十二的人之前是女文员。借用刚才的比喻，这就好比在夜幕降临时，她们虽然起身了，却没赶上巴士，而是落在了路灯下面。

婚期将至，要辞去工作了，她穿上正式的和服，走进各个科室，与同僚告别。

"哎呀呀，瞧瞧这是谁呀。没想到打扮打扮就这么漂亮了。这么个大美人，我还想请你再待个两三年呢。"

"课长讨厌，瞧您说的……一直以来真是给您添了不少麻烦呀。"

"给你添麻烦的是我才对。你对我比我老婆好多了。不过,你将来也会给你老公苦头吃的哦。"

"课长讨厌啦——"

进行如此低水平对话的,想必是在三流公司。两人嘴上各说各的,其实心里想的差不多。先看课长,手下离职,肯定略微有些伤感,对她的老公有些羡慕嫉妒,另一方面,想到这个不中用的家伙终于要走了,暗暗长舒一口气——吩咐她做的事情没几件做对,让她给"大荣电机"打电话,她打给了"大龙";拜托她装订文件,她把纸边上的字都订进去了;让她去找尺子,她找来了起子……

而女文员也早就看课长不顺眼了——谢了顶,靠近说话时口臭浓郁,当着女孩子的面讲黄段子,炫耀高尔夫球技和肤浅的涵养,其他种种。想到今后再也不用看这副嘴脸,姑娘心里乐开了花,启齿微笑,整个人更美了。

一位做了七年文员的女性是这么讲述她的职场生涯的:

"在做统计的时候,我会觉得这样做又快又好,不过我不会马上告诉男人的。免得伤了他的自尊,惹他发火。公司待久了,情商是越来越高了,婚后讨老公欢心,那是小菜一碟。"

她还说:

"课长看到烟灰缸里有烟灰,肯定会发牢骚。客人走了,就让我马上搬正椅子。还说我拧抹布的时候手抬得太高,水都溅出来了,应该浸在水桶里拧。反正啰唆个没完。"

男人都是理论家。在以前的军队里,拧抹布的方法都是男人教给男人的。可我从来没听说过哪位复员军人擅长打扫卫生。同样的道理,她即便做了七年的文员,也未必是拧抹布的能手。

男人的生活依靠理论来支撑，而女文员则见识了这种生活的方方面面，算是在社会上走了一遭。如今要告别男人的理论生活，开始实际的生活了，女文员会想，从现在起是老娘说了算，洗烟灰缸、打扫卫生什么的，这种理论性的活儿就交给老公干吧。

敬意的终结

A 读者来信

要尊敬一个人不是一件容易的事情。人的一生中，有几个人值得尊敬一辈子呢？我叫 U，是一个公司职员的妻子。我原本由衷尊敬一位 N 太太，她是我爱人的同乡 N 先生的妻子。她长相标致，人又热情，做菜也好吃，待人接物挑不出任何毛病。还是两个孩子的母亲。夸张点说，简直是日本女性的典范。就是这位 N 太太，去年年底给我打来了电话。她说：

"听说你过年去婆家，能不能求你一件事？"

"大件行李我可带不了。我第一次去老公的老家，自己的行李都带不过来。"

"不是让你带东西。帮我传个话。"

"捎口信呀，没问题。我弄支笔记一下，免得忘记。"

"是 S 太太的事情（S 太太的丈夫 S 先生也是我爱人的同乡）。你把我说的记一记，等到了婆家，给我好好宣扬宣扬。就这事。"

接着，N 太太就把要我宣扬的事情说了一遍——

前些天，N 家的小孩抽了筋，N 太太心里指望 S 先生开车送孩子去医院，就去拜托 S 太太。不料 S 太太一副事不关己的嘴脸，说自家男人已经睡着了，也不去叫醒他。结果 N 太太只能自己抱着孩子东奔西跑找大夫。

第二天，S 太太上门看望。N 太太不想见到她，话也没说就把她赶了回去。S 太太回头便大肆宣扬这件事，后来传到了 N 先生耳朵里，N 先生便把 N 太太训了一通：

"事情一码归一码，哪有话也不说就把人家赶回去的？别的不说，你就不该指望用别人的车。不是有计程车吗？你给我道歉去！"

然而 N 太太觉得自己没错，一心想着报仇，就来找我当大喇叭。我一直当她是个聪明女人，然而挂了电话之后，我就觉得她不值得尊敬了。

B 给 U 太太的回信

您的来信已拜读，很有意思。

我没见过 N 太太，所以没法下判词。不过单从您的来信看，这是一位非常常见、极其平凡的女性，不值得尊敬，也用不着去鄙视。

孩子抽筋了，大事不好！老公不在家，计程车又叫不到——别的不说，打车很贵，开销太大，如果孩子没什么大病，事后肯定会被老公骂……对了，平时没少关照 S 家，此时不用他们的车，更待何时。

可见 N 太太一直都是在为自己着想，对方的情况她没有考虑——S 先生有可能刚上完夜班回家睡觉，当然不能把他叫醒。而她一心只想抢救孩子的生命，为此不惜牺牲任何人。作为母亲，救子心切无可厚非，只不过她所指望的S家的那台车，又不是亚利桑那大沙漠正中央唯一的一台车，借不到孩子就会死。其实根本用不着叫醒S先生，东京什么车没有？

后来S太太来慰问，被N太太拒之门外，以及之后的疙疙瘩瘩，纯粹是微末的感情问题。S太太确实吃了闭门羹，但那也不会导致她癫痫发作倒地病危。N太太也不会因为S太太到处说她坏话而突发脑溢血。都不是性命攸关的问题。我非常理解，你不再尊敬N太太，无非是对她的锱铢必较睚眦必报感到幻灭罢了。

那么你呢？信的开头你赞美N太太，言外之意自己不如她聪明贤惠。倒是U太太你，是不是经常搞事情？经常卷入一些纷纷扰扰？

作为一个人，一个女人，这些事情和洗衣服、打扫卫生一样，都是司空见惯的日常琐事。你发现N太太其实和你档次差不多，便觉得没什么好尊敬的了。

你在信的开头提到N太太是美女，信的末尾又说她是聪明女人。你是不是觉得，美女都是聪明人？

正如有一个词叫"白痴美"，美女难道不都是白痴吗？你知道这一点，然而N太太却"美且聪明"，所以你才尊敬她的吧？你这是太瞧得起她了，满足于她是美女这一点就足够了。

美是值得尊敬的事物之一。只要人美，智商低一些又有何妨？然而女人对同性抱有一种微妙的矛盾心理，憧憬对方的美貌，同时又感到一丝嫉妒，把一些对方几乎不可能达成的品质强加在她身上，以满足自己对她的想象。对方早晚要出洋相，你对她的尊敬当然也就瞬间土崩瓦解了。

招聘面试上问到最尊敬的人是谁,排在第一位的必定是非洲的阿尔贝特·施韦泽。他具备了许许多多引人尊敬的条件。第一,他是老人;第二,非洲大老远的,没几个人去得了非洲腹地见他。其实只要是身边的人,不可能找不到缺点。我倒是想提倡这样一种尊敬观:"那人和我档次差不多,所以我尊敬他。"

学校的终结

不用说你也知道,学校的终结当然就是毕业。女子学校倒不至于出现在毕业典礼后围殴教员的暴力事件,但这也不意味着女性就不暴力,在我看来,或许是出于女生的先见之明——

"我马上要结婚生子,生了女孩还得拜托母校培养。那些个老小姐(女教员)一时半会儿也死不了,现在闹僵了,将来吃苦头的还不是我自己。"

男生就没这种远见。

其实,女生对学校和老师也是积怨颇深。以前有一个女生,刚毕业就一把火烧了学校。当然这属于例外,大部分学生还是品味着酸酸甜甜的感伤离开母校的。

对于学校的回忆是什么?首先是梦见考试,这梦大概是要做一辈子的。我大学毕业十九年,就在前段时间,还梦见自己身在考场苦苦答题,面临挂科危机。这种梦充满了对考试的恐惧,以至于我好几次在梦里安慰自己:工作之后重温校园生活诚然可喜,但考试就免了吧……

一说到毕业,首先想到的就是从此摆脱了可怕的考试。好想回到学生时代——回到没有考试的学生时代。

最近经常听到有人说，现在的大学生功底不如以前扎实。要我看，古往今来，大学生都是一个德行——对人生一无所知，做事欠考虑，自我感觉良好，思想天真，虚张声势，却又缺乏自信。古往今来，学校的功能也没有变——它就是一个笼子，囚禁想法不成熟嘴皮子倒挺溜的小雏子。（只不过，早年的大学搞不了早稻田大学的大规模罢课倒是真的。）

说白了，学校就是青春期的精神病院，里头的人脑子多少有点问题。办学需要很高的运营技巧，决不能让住院病人（也就是学生）发觉自己有精神病。教师当中也有一些人保持着学生时代的怪脑筋，跟学生特别合得来。学校洋洋几千人，只有少数几个教师知道这个秘密，小心翼翼地办学，生怕走漏风声。现在有报告说，东京大学的学生里头有百分之几有精神病，我一点儿也不惊讶。

而考试是一种策略，让这群脑子不正常的人确信自己没问题。教师尽出一些跟学生脑子里那些奇妙绚烂的想法八竿子打不着的题目，学习的过程自然痛苦不堪，不过只要答对题，学生便能收获宽慰——"我脑子没问题。"至于在专题讨论会上，学生则可以稍稍展露一番他们的奇思怪想。

有一回我去一家炸猪排店，偶遇一帮师生正边吃边聊，无意中听见他们的对话。一个水灵灵的美女大学生大声向老师提问：

"老师，我还是持那个观点，歌德在写《浮士德》第二部的时候，思想性退步，沉沦到神秘主义当中去了。"

好好地吃着炸猪排，怎么就冒出个《浮士德》呢？我也是食客，所以不好说什么，瞥了一眼，看见女学生身穿嫩绿色的毛衣，胸部饱满,饱含青春活力,真是赏心悦目——此情此景令我更是伤感:为什么她吃炸猪排的时候要说《浮士德》呢?顿时觉得人世间好灰暗。

学校中之所以允许这种恬不知耻的行为存在,正因为学校是精神病院。说起来挺丢人的,当年我闯进法语研究室(法语并非我的专业),洋洋得意地对那儿的教员说:

"老师,我喜欢'戈爹'。"

哪里有什么"戈爹",是法国文学家戈蒂耶,到我嘴里就含糊成了"戈爹、戈爹"的。说实话,那时我压根儿就没读过戈蒂耶的作品。法语教员听了我的话,认真地回答道:

"他处于浪漫主义和自然主义之间,风格不鲜明,容易被忽视。"

为什么大学教师必须认真回答精神病学生的问题?这是一种社会责任?莫非只有那些喜欢跟神经兮兮的年轻人打交道的人才会选择当教书匠?

回到"学校的终结"这个主题,也就是毕业。话说真正毕了业的人又有多少呢?真正毕业的人有自知之明——

"学生时代的我,是个脑残。"

毕业十多年,期间只看看电视翻翻小报,还自诩社会精英,这种人至今脑残,只能说他们距离毕业还早着呢。

美貌的终结

巴尔扎克说过一句很可怕的话："希望只存在于过去。"人生当中最可悲的事情是什么？"过去如何如何""以前真美""早年很强""曾经很有名"……

好汉总提当年勇。没有比这更不堪的事情了。

要是死了，提起生前往事当然用过去时。小说和戏曲使用现在时无可厚非，历史文献中必然是过去时：

"很久以前，埃及艳后是个美女。"

即便是生前一直很美的埃及艳后，历史书上也不会说"埃及艳后如今是个美女"，毕竟她已经死了。那么，"我以前很年轻"这句话听上去很悲凉吗？我不这么认为。"年轻"是一种自然现象，所有人都会经历，并不是特定人物的专长。人上了年纪，必然衰老，所以"我以前很年轻"和"昨天天气不错"一样，是单纯的事实陈述罢了。

"以前很漂亮"和"以前很年轻"，这两种说法有明显的区别。年轻人变老，那是天经地义，而美是具备绝对价值的东西。

然而，人是生物，不是大理石。所以人所体现的价值，难免有荣枯盛衰。对于女人而言，年轻和美貌相关，对于男人而言，年轻和力量相关联。这是铁律。

只不过这男女之别是不公平的。男人越老力越衰，很正常。上了三十岁，想破游泳比赛的世界纪录属于痴人说梦，数学界的大发现大多也是二十来岁的小青年所为。且说力量这种东西，有的有形，有的无形，多种多样。男人上了年纪，肉体力量衰退，却能够巧妙地将其转化成别的力量——社会地位、财力、政治权力，即便是八九十岁踽踽而行的老头，也是能够妥妥地掌握这些力量的。男性的世界，是各种力量角逐竞争的世界。成功者之所以成功，正是能够根据当下年龄巧妙切换力量的形式，从十八岁到八十岁，发挥各个年龄阶段的优势力量。

那么，美貌又是如何？

美貌的种类极少。别的不说，美貌必然是有形之物，不存在无形的美貌。隐形的美女——这个说法在逻辑上是矛盾的。当然，女性上了年纪，也会增加几分气质美，不过恕我直言，五十岁的美女根本就不是二十岁美女的对手。一个二十岁的女人，如果她是绝世美女，那就是天底下最幸运的人。美男丑男之间的落差，与美女丑女之间的落差相比较，简直微不足道。

不过，美貌就像失去后不可复得的宝石、半衰期短暂的放射性物质，只有一种，不像男人的力量，会随年龄而变化。美女年轻时恣意挥洒美貌，惹得同性艳羡不已，而在之后的岁月里，她会付出十倍二十倍的代价——

眼睛下方出现一条细细的皱纹，仿佛晴朗的天空中突然出现一丝云彩。她心想：或许是昨天晚上没睡好吧。第二天细纹消失了，果然是心理作用。过了两三天，另一只眼睛下边出现一条清晰的小皱纹。这也是心理作用吧。万万没想到，这条小皱纹过了十天半个月依然健在，她便去做眼部按摩，买来化妆品，与小皱纹展开搏斗。后来，她终于悟到这是一条真真正正的皱纹，于是定下心来，迈出了自欺欺人的第一步——在脸上涂涂抹抹，化一辈子妆。

政局不稳时，一旦发生国王驾崩的情况，便会推迟发表，营造出国王健在的假象。美女的做法与之异曲同工，竭力隐瞒美貌死亡的先兆，尽量拖延发布美貌的死讯。

"国王还活着呢。"

无奈世上总有些人特别敏锐：

"陛下莫非已经驾崩了？"

一传十十传百，最后不得不宣布国王的死讯。美女也一样，能拖一年是一年，能拖一个月是一个月，能拖一天是一天……一直到自己归西那天，都还没来得及发布。

某年某月某日

× 山 × 子女士的美貌卒

也就是说，美女一生要死两次——美貌之死和肉身之死。前者才是真正意义上的可怕的死亡，只有美女本人知道死期。

上了年纪的女性风韵犹存，仿佛名胜古迹，到处立着牌子，上面写着"美貌遗迹""美唇遗址"等，野草萋萋，风声倾诉着无尽的幽怨。在草地上，一对青春洋溢的年轻情侣正搂抱着。小伙子对姑娘说：

"你真是个美人。"

这时,风声越发幽怨了,扭曲了小伙子那句话的腔调——

"你曾是个美人!"

"你曾是个美人!"

这时姑娘大声嚷嚷,像是在嘲笑那风声:

"本姑娘呀,会一直美下去的。"

书信的终结

日本人在书信结尾一般会写"敬具""匆匆"（男性用），或者"敬白"（女性用），简单明了，古韵浓浓。英文书信的结尾一般是"Sincerely Yours"，也有这样的：

×××××××××

这是亲吻的符号。像上面这么写，就相当于送了八个吻。也可以理解成八十，甚至八百。

书信，特别是来自遥远异国的书信，末尾多少有点告别的意味。打个比方，就好比轮船起航时人们手中挥舞的白手绢。请看下面这封信：

昨天抵达旧金山，今天一整天参观。金门大桥超级大，超级感动。现在去鱼市场的餐馆吃晚饭。再见。

看完有没有一种"关我屁事"的感觉？还不如小学一年级的作文。

说来你可能不信，小说家写不好书信。倒不是说书信拿不了稿费，所以不好好写。小说家日常写作，为了让作品尽量客观，必须抑制自身情感。习惯成自然，即便是只有两个人阅读的书信，写起来也甩不脱那种笔调。

期待来日相见。

这句结尾非常好，言外之意是"这辈子或许再也无缘相见，但前次见面很愉快"。轻松又随和，没有强迫对方再见面的意味，流露出写信者不苛求他人、不强求人生的超然情怀。吃饭八分饱，做事留余地，乃是人生至味。

我非常想再见到您。

这句就有点胁迫的意味了。假如对方再也不想见到你，岂不是一厢情愿得厉害？

回东京之后马上见！

如果是朋友之间的书信往来，倒也无可厚非，若是恋人之间的书信，说这种话就显得见外了。恋人自然会想着回来之后见个面，特地补上这一句，不是感情浅，就是没自信。

向伯母问好。

用这句结尾也得看场合。刚刚还是二人世界，一句"向伯母问好"，仿佛老妈端着大福饼和茶水，蓦然出现在房门口，浓情蜜意烟消云散。不过，如果两个人已经订婚，婚期已近，那也没问题，反倒能体现写信者的体贴用心。

  向府上的猫咪问好。

这句结尾最适合写给爱猫人士。读了信，对方或许会对着猫咪说："喏，××问你好呢。"非常好的结尾。

再说一句我最喜欢的结尾。这句并非书信专用，也用在"狂言"表演的致辞中，而且仅限冬季使用——

  来春再会，日暖昼长。

写信人静待白昼渐长的春天，同时期待着如四季流转一般自然随缘的再次相会。两种心绪合二为一，传递出一种清朗淡泊的憧憬——一切如春之将至，自然而然。

现代日语已经无路可走了，所以才会用 Ciao[①]作为结束语吧！

有个美国人在写给我的信中是这么写我的名字的：

  魅死魔幽鬼夫[②]阁下

[①] 意大利语,嗨,再见。
[②] 三岛由纪夫的日语发音。

他这么称呼我，必定是他心情好的时候，活泼开朗，想拿我开涮。若是心情不好、心浮气躁，他便写"三岛由纪夫阁下"，而字里行间也的确弥漫着他的坏心情。我读他的来信，最后看到是"魅死魔幽鬼夫"，这才松一口气。

书信是从远方漂来的一叶小舟。固然存在那种值得反复把玩的书信，但大部分书信在阅读后就成了废纸，和其他日常琐事一样，埋进记忆深处。打一个稍稍有哲学意味的比方，书信终究是不属于我们的，它们在我们的思想感情中掀起微小的波澜，而后便消失了。就像一叶小舟，漂过空间的海洋来到我们面前，我们读完了它，就把它流放到时间的海洋深处，也就是"忘却"。恰似盂兰盆节放河灯，望着它随流水远去。

河灯的烛火影影绰绰，有时会给站在岸边的我们留下难忘的回忆。这便是书信的结尾。

"只叮嘱一句，保重身体，切勿劳累。"

"好想你啊！"

"我很孤单。这是怎么了？"

"我等不及了，我现在就想见你，憋得我快生病了。"

"再不还钱我就死给你看！"

"请多留心身边的人。"

"讨厌～～"

这些离我们远去的烛火或明或暗，但效果斐然。

演出的终结

最后一场演出结束了。华丽的谢幕，献花，向观众告别的演员，缓缓落下的帷幕……在舞台上，剧组人员不停地握手和拥抱，十分激动。

"谢谢！"

"谢谢！"

编剧、导演、演员、舞台总监、道具组，大家相互握手，最兴奋的当属女一号，她一把搂住编剧和导演（以至于抱在胸前的花束惨遭蹂躏），狂吻他们的脸颊。有一次，我看到一位女演员在谢幕后亢奋依旧，穿着华美的戏服一屁股坐在舞台上，哭得稀里哗啦的，边鞠躬边向各位同事致谢，看得我是哑口无言——太夸张了吧！

话说回来，一部成功戏剧的闭幕演出真的很不错。

与观众作别后，有些感伤，有些不舍。迈出帷幕一看，观众席的照明已经熄灭，空无一人的剧场展现出它的另一面，俨然一个空荡荡的大洞。四壁间仿佛还回荡着观众的热情、兴奋和感动，也随着越发深沉的夜色快速散去。

回到舞台，演员们都去了后台，道具组正在急匆匆地拆布景。豪华的客厅如今已经解体，成为布满尘埃的帆布板。观众眼里辽阔的荒原、鲜花盛开的苹果园，在灯光的魔法撤去之后折叠起来，也就是几幅寒碜的风景画而已。

一个幻梦就这样结束了——我作为剧作家，见证过数次演出落幕的场面。光鲜亮丽的舞台俨然缩小版的人生，令人感怀无限。

人生要走五六十年，而一出戏顶多演一个月，人生很长戏很短，然而这两者都可谓生命光辉的集中绽放，到了落幕的时候，所有的光辉都随风而逝。

不说伤感的了。有句话叫"人生如戏"，把人生当成戏来演的人，也会迎来落幕的一天。且看——

"我怀了你的孩子，医生说我怀孕了。"

女人突然蹦出一句。男人慌了，低声下气求女人堕胎。女人权当耳旁风，还吓唬男人：

"你把生命当成什么了？都说第一胎就流掉最不好了。"

一会儿说吐得好难受，一会儿又说哎呀好恶心，牢骚无休无止。男人被逼无奈，只好决定奉子成婚（最糟糕的结婚形态）。女人旋即广而告之他俩的婚讯，而后突然卧床两三天，说"孩子掉了"。

女人演了一出戏，这一切全是骗人的，可是上当受骗的纯情男人源源不绝。这是一出自导自演的独角戏，但谢幕时她所体会到的喜悦和感动丝毫不亚于豪华大戏的闭幕演出——所有观众都上了她的当。为此她亢奋不已，感激涕零，没有可以亲吻的人，便深深吻了吻自己的手背。

独角戏也好，豪华大戏也罢，总会迎来曲终人散，只留下黑暗空旷的观众席。演出圆满成功的背后，是人生莫大的虚无。不是吗？

我来介绍一个男人，我不认识他。这家伙浑身上下没有一处是真实的——住址、职业、年龄、姓名，全是假的，践行"人生如戏"，从中享尽快乐。我收到过他的来信，大致内容如下：

"我在新宿的酒吧扮了一整年的三岛由纪夫，泡了不少妞，找了不少乐子，在此向您表示深深的谢意。如今戏要穿帮，我不玩了。请您放心，我从来不吃霸王餐喝霸王酒，也没有赊账欠钱。"

我气得直跺脚。别的不说，冒牌货竟然比本尊更吃香，岂有此理！总之，此人尝到了彻底的快乐。而我本人不善社交，这种勾当打死我也做不来，心里不乏羡慕嫉妒恨。

他的戏演得很成功，他为自己献上祝福的花束，笑嘻嘻地细数一年以来的战果……那后来呢？光鲜的布景拆了，面对灰头土脸的真实，他也会感到凄凉吧。假的总归是假的，角色和他本人终究是两回事，卸去脸上的油彩时，他的心头恐怕掠过了一缕莫名的寂寥。

戏剧存在的前提是有主动上当受骗的观众。虽说人生如戏，可戏和人生的不同之处就在这里。观众花钱买上当，这就是戏。刚才讲的谎称怀孕的例子，还有我的冒牌货，都是把演技带入人生，欺骗了无意上当受骗的人们，从这一点讲，他们的所作所为是严重的违规。

不过话说回来，不管是不是违规，演出必将迎来终结，幕布终将落下，观众也会散去。从这一点看，人生的终结和演出的终结倒是差不多的。

旅程的终结

三好达治的诗集《春天的海角》，开篇是一首短歌：

春天的海角　旅程的终点　白鸥悠悠浮波间　离我渐渐远

每次远游，特别是坐船远游，我都会想起这首短歌，就像诗句中的"白鸥"，在旅行终结时，必然浮上心头，随后"离我渐渐远"。

春天的海角，这个词蕴含着春天的华美和感伤，平静辽阔的海面上，星星点点漂浮（注意，不是飞）的海鸥渐渐离我远去，由此表现出船的运动。看得出船不是满载着希望朝远洋进发，而是行在归途中，眼下船进了港湾。再见了，海鸥，再见了，愉快的旅程。

这首描写春天乘船旅行的短歌中荡漾着美和感伤，在我读来可谓最上等的佳作。而所有的感伤，都寄寓在"旅程的终点"这几个字上。

而在实际生活中，旅程的终结并非总是令人感伤的。有机会的话，不妨在特定时段去坐坐上行的湘南列车，看看旅行归途中的男男女女。有中年人，有年轻人，他们千姿百态疲惫不堪的模样，十分有趣。这些人大多不是夫妇，从东京出发时想必个个是壮志满怀，男人一门心思讨女人欢心，两三天后踏上归途，就成了这副模样——

男人们大多沉默寡言，或一边翻阅杂志一边打哈欠，或呆呆地望着窗外抽烟，或神经质地取出记事本查阅工作安排，或热心阅读体育报纸的职业摔跤版，或一脸不爽地瞧着边上的座位，或百无聊赖地卷着领带，或把女人无休无止的聒噪当耳旁风，嗯嗯啊啊地敷衍着。

女人大多精力旺盛，睡眠不足根本不是事儿，感觉全身充满了力量。不停地说话，不停地劝男人吃橘子和巧克力，被拒绝了也毫不退缩，继续劝。

"我说，下回什么时候见面呀？"这句话眼下最忌讳讲。

"下个礼拜天我还想去哪儿玩。"贪心不足。

他俩昨晚肯定是无比恩爱的。而如今，他们已经读到了爱的结论（至少男人读到了）。拿推理小说打个比方，就是看完了解谜的章节。真希望女人是一部推理小说，看完了解谜的章节，好奇心得到满足，就可以把书本往枕头边一扔，呼呼大睡，没有任何问题——可惜女人不是推理小说，必须在归途中陪伴她两个小时，否则自己也回不了东京。

"啊——解谜的部分看完了，就赶紧撒手放了我吧。那样我将来还能多爱你一些。"

男人的表情出卖了他的心思。连我这个外人都看得格外分明，可他身边的女人就是看不穿。她打心眼里感到幸福，饶舌不止，进食不停。我真心替她心疼。可一旦闹分手，这种类型的女人缠斗起来也最为勇猛。

当然，旅行的终结不止我说的这些悲喜剧。

如果旅行者是一对情侣，我建议在回程前就和对方告别，孤身一人踏上归途。旅行就像音乐，先有美妙的序曲，在终曲达到高潮，这样的旅行堪称完美。末了"双双把家还"，简直是作践。

劝君独自把家还，在车上回忆恋人容颜，反刍柔情蜜意，克制着半道上下车回去找她的冲动……不久，夜幕降临，列车驶入东京，万家灯火一齐点亮，把那个只属于你俩的浓情世界藏在心底，没入滚滚红尘。

这才是一场旅行的完美终结。

人生不是音乐，不会凑巧在最美妙的巅峰时刻落下帷幕。恋人的旅行或许可以刻意模仿音乐，但人生的旅行做不到这一点。

有一部叫《旅途的尽头》的法国电影，讲述一群过气演员凄凉的养老院生活。情侣事后独自回味旅行的快乐倒也惬意，要说人在行将就木时，一味追忆昔日荣光，等待死亡来临，那是多么的可悲。

我有个亲戚刚去世不久，享年八十八岁。直到去世前他还一直在吃牛排，每周去公司三趟指点江山，周末必定开车兜风。就在去世当天，他吃完晚饭和家人看电视，说了声"我困了先睡了"，便独自去卧房，一个多小时后就死了。

他的人生就像勇猛逞英豪的蒸汽机车。谁都想死得像音乐那般优雅华丽，只可惜很难如愿，倒不如放弃旅客的身份，丢掉一切伤春悲秋，化身铁石心肠的机车头，"呜——哼哧哼哧……"一往无前直奔终点。或许这才是人生大智慧。

吵架的终结

夫妻吵架的终结大多是按套路来的。越是吵得欢，和好起来就越快，反倒是来劝架的人要挨骂。相反，那些阴阳怪气的夫妻吵架可没那么容易了结，表面上波平浪静，其实心中淤积着愤怒和不满，话里也藏着刀。这样的夫妻躺在一张床上，要多难受有多难受。

很少有夫妻会因为突发性大吵一架而闹离婚。一般是经过了长时间的冷战，突破底线之后才离婚的。而情侣不一样，大吵之后或许就此分手，形同陌路。所以说，终结吵架的技术其实是心理战术。

男女约会，中途因为一些鸡毛蒜皮的小事，使得对方一脸不悦。有的时候甚至连怎么惹毛了他（她）都不知道。或许是自己无心说的话伤到了对方内心最柔软的部分。

经常能在公园的林荫道上看到这样一对情侣——别的情侣都是手牵手，只有他俩，隔了大约半米远。这半米的距离充斥着难以言喻的反感、厌恶和悲情，煎熬着两端的男女，同时也是两人之间唯一的纽带。

男人张开口,装作打哈欠。女人踩着高跟鞋,咯噔咯噔的声音很是烦人。是时候回家了,两人不得不告别。男人性子急,秉着今日事今日毕的精神,也为了晚上能睡个安稳觉,努力寻找解决矛盾的钥匙,结果是弄巧成拙。

"刚刚是我不好。我道歉。"

"你有什么好道歉的。"

"那你还生什么气呀。来,给哥笑一个。"

"……"

"我都这样说了,你还不开心啊。"

"你说开心就开心,哪有那么简单。"

"我不是道歉了吗?"

"道歉有什么用。"

"那你要我怎样?"

"……"

"你倒是说话啊。"

"随你便。"

"这算什么啊。你别摆臭脸了行不行。看着就不爽。"

"不好意思让你不爽了。我才不爽呢。"

"喂,我一个大男人都主动向你道歉了哦。"

"我说了呀,你没什么好道歉的。又没什么大不了。"

"既然没什么大不了,就干脆说清楚,不好吗?"

"……"

"你就不能爽快点吗?受够了。"

"我才受够了呢。"

"喂，你识相点啊！"

这下子男人真的发火了。明明是他先求和的。

这种情况下，男人特别容易焦虑急躁。男女之间的这种矛盾实在是暧昧模糊，说一句"我道歉了，所以你也别生气"便要求女方原谅，那是直男癌的思维，等于是在要求女人"你能不能爷们儿一点"，本身逻辑就有问题。正因为她是女人才会爱上她，现在急于平息争吵，就要求女人拿出爷们范儿，爽快利落一点，这不是自相矛盾么？恐怕对于男性来说，此时此刻的女人简直就是一个谜团，一个烫手的大山芋。男人心焦，无论如何也要在今天晚上平息争吵，两人微笑着各回各家——殊不知这种情况下，越是急迫，事态往往就越发不可收拾。

终于到了分别的那一刻。这要是在平时，两人亲上一口，互道晚安。可眼下，女人一扭肩，头也不回地迈进家门，男人孤零零地留在门外，满腔满肺的苦水。

这样的结果谁都不想看到。深究不得。越是深究，结果越糟糕，吃的苦头越多。非黑即白、摆事实讲道理、事不过夜……处理吵架的时候，这些男人的特质只会起反作用。

另有一种男人，在女人啰里啰嗦、闹别扭耍脾气时置之不理，一句安慰的话也不讲，悄然逃避。这也算是一种才能。他不伤害自己也不伤害别人，心平气和地等着，直到对方来跟他道歉。这种人真的很幸福，不过缺少男性特有的逻辑性，过了中年就成了捣糨糊打太极的高手，老奸巨猾得很。

女人容易上这种男人的当。他知道，女人有"女人之谜"，他便用他的"男人之谜"来与之对抗。两个人闹矛盾，他丢下女人不管,几天后见了面,展现一副灿烂的笑脸,根本就没有道歉的意思。

他才是真正的"吵架终结者"。

话说回来,吵架时女人对男人百般刁难、胡搅蛮缠,乃是她们的一大乐趣。而上面说的那种男人,连演对手戏都不够格吧。

个性的终结

杂志上的美容咨询栏目中经常可以看到这样的话：

"彰显你的个性美。"

"个性"这个词已经用滥了，其实这句话的真意是：

"彰显你那塌鼻梁的魅力吧！"或者：

"发掘你那大粗腿的长处吧！"

再看这样的对话：

"A 小姐人怎样？"

"长得很有个性。"

言下之意，A 小姐绝对算不上美女。

评价一个画家："你的画的确有个性。"

非常勉强的赞语，等于在说：

"你的天资很一般啊。"

十九世纪，伴随着浪漫主义的兴起，古典主义的衰落，社会开始崇尚个性。在此之前，"个性"不是一个褒义词。而在此之后，所谓"美的民主化"时代拉开帷幕，不管是塌鼻梁还是大粗腿，都有了主张各自之美的勇气。

曾经，只有古希腊的阿波罗和维纳斯的雕塑才称得上俊男美女。在那个时代，美完全是一种特权，一种带有贵族属性的东西，世界上百分之九十九的人连美的边都沾不上。而如今，阿波罗和维纳斯的面容已然是平凡无趣的代名词——这样说，无非是因为阿波罗和维纳斯没有硕大的鼻子，也没有细小的眼睛，一切都是恰到好处，自然就"平凡无趣"了。

追求个性的风潮不光停留在人的长相上，还波及风俗、艺术等社会的方方面面。毕加索画作中女人的脸，两只眼睛在脸的同一侧（这不是比目鱼吗？）。高迪设计的建筑，像是用橡皮泥捏的，歪歪扭扭。尼迈耶设计的巴西教育卫生部大厦，怎么看都像是夜总会。

什么是个性呢？

个性就是化弱为强的逆袭。人说你鼻子太大，你就为此战斗到底，直到大家都说鼻子越大越美。只有没有个性的人会感到羞耻而闯进整容医院。跑到理发店让人照着阿兰·德龙的照片做发型，也是没有个性的表现。

然而，大家都是人，终究会感到疲惫。若是胜券在握那还好，可如果是屡战屡败，也难免会对自己的个性产生怀疑。个性是自己和社会之间的永恒争斗，像玛琳·黛德丽那样的丑女风靡一时，那也没什么好说的。问题是，不是谁都有那份自信。

这个时候，人也许要想着抛弃个性了。向大鼻子效忠，为了让世人承认大鼻子之美而奋斗终生，反过来讲，也意味着要为大鼻子自卑一辈子。如果说个性联系着自卑，还不如两者皆抛开，落得一身轻松。然而人的心理很有意思。一方面想标新立异，另一方面又想随大流，两种心态一直在纠结缠斗。

所以，所谓的大流行，表面上标榜个性，其实当中也暗含了埋没个性的元素。有一阵子，小伙子们都爱穿学院风的衣服，流行之初，相比以前黑衣金扣的学校制服的确是个性了不少，后来渐渐普及，出于从众心理，大家都开始穿起来，却又成了一种制服。

要我说，其实美或许不是像阿波罗或者维纳斯那样的，而是一种平凡而又普通的东西。比如，年轻很美。肌肤美，眼睛美，头发美，谁都能得到美的眷顾。一旦青春将逝，要么揪住美的尾巴，殚精竭虑伪造青春常驻，要么放弃美，转而投奔个性的怀抱。人只有这两种选择。

一开始就誓与个性共存亡的非俊男美女，上了年纪也不会太难堪，而那些俊男美女，晚景则惨不忍睹，就好像没带个性这个救生圈，就被抛进了海里。且看年轻时红极一时的花旦小生，上了年纪俨然是落寞的化身。

人活一辈子，究竟是豁出去搏一把好呢，还是带上救生艇救生圈再出海远航好呢？这是个难题。于是人生导师给出了忠告：多学些教养，积累内在美。殊不知美本来就是外在的，而且是易耗品，根本积累不起来。因为通读了世界思想大系而变美的人，我还真没见过。

我的忠告如下：

如果女人对个性化感到厌烦，那就去整容吧，如果男人对个性化感到厌烦，那就去当警察穿制服吧。有一点切记，不要年纪轻轻就想着为将来预留个性的救生圈，那样太小家子气了。有的女孩子坚称自己的大鼻子有魅力，也有的女孩子对自己丑陋的鼻子感到绝望而诅咒人生，而我敬爱后者。因为这才是"活着"，不是吗？人活着才能看出鼻子的大小、鼻梁的高矮，死了变成骷髅都一样——真到那时候，个性就算是彻底终结了。

理智的终结

一个大学生,每天上学途中都会遇见一名女高中生。某一天,两人的视线偶然相触,大学生发现,女生对他微微笑了笑。

时值初夏,车站前大街旁瘦弱的行道树也绿油油的,清晨的阳光洒在少女脸上,她的微笑就像洁白的花朵。大学生心想,我喜欢她,她应该也喜欢我吧?从此沉浸在幸福中,上课开小差,琢磨如何打听少女的名字和住址。

(他至今还有理智。)

大学生没有勇气和少女搭话,于是只剩下一个办法——在她回家的路上等她,尾随其后。其实,微笑着大大方方地搭话是最好的,胆小的人总是会选择别扭的方式。

他在车站附近消磨时间,翘首期待少女走出车站的那一刻。终于在第三天,他目睹少女和朋友一道下车,在车站前挥手告别。大学生心情激动,远远地跟在少女身后。行人越来越少,他开始担心自己的跟踪会被少女发觉,终于,他看见少女走进一户围着白色栅栏的人家。他看了看门前的姓名牌,写着"林",感到十分满足。

(他至今还有理智。)

当晚,他开始绵密细致地调查。如何才能知道她在哪所学校上学?叫什么名字?要知道就读学校不难,跟踪她上学就行了。他起了个大早,在车站附近蹲守,把自己的学业抛到一边,一门心思跟踪到学校。接下来要做的便是在校门口等她放学,也不算太辛苦。她叫什么呢?花子?琉璃子?小百合?未知子?佳子?大学生浮想联翩,觉得这些名字都配不上她。

终于有一天,大学生有意放过放学的少女,向随后走出校门的她的同学打听她的名字。现在他的胆子挺大了。

"你说那个走过去的?她叫林和子。你还真执著。"

女孩子们朗声大笑,他立刻离开。事到如今,他的存在应该已经传到少女的耳朵里了。

(他至今还有理智。)

大学生回家后奋笔疾书,给林和子小姐写了百来页的情书,写完又全部撕毁。最终只写了简简单单的一页,塞进信封,想在她出门时递给她。他舔了舔信封口上那层甜甜的干胶水,感觉在和少女接吻。

翌日早晨,大学生出马,在门口等候,见少女出门,猛然用颤抖的手递上白色的信封,旁人看了恐怕会误以为是持刀杀人。少女接是接了,但吓得目瞪口呆,转身往家里跑。大学生失望地等在门外。片刻,少女和父亲一起出现,父亲厉声呵斥,大学生落荒而逃。

(他至今还有理智。)

这一天,他没去大学,在家沉思一整天:"她明明对我有意思,为什么要那样对我?"性格内向的大学生经不起少女父亲的呵斥,吓得不轻。

"她明明那么爱我,却那样对我,肯定是觉得我背叛了她,肯定是觉得我有了新欢,为了报复我,才让父亲羞辱我的,肯定是这样。好吧,我要写一封信,证明我的清白。"

(天啊,理智的烛火开始摇曳了!)

去信如石沉大海,他每天孜孜不倦地写信:

"我保证没有辜负你的爱情。世界上爱你的只有我。说什么我包养陪酒妹,那是你同学造的谣!她们想拆散我俩。"一写就是十五页。

(理智的烛火快熄灭了。)

等了好久仍旧没有回音。他突然对少女的纠缠(?!)感到愤怒:怎么能拘束他的自由呢?怎么能干涉他的生活呢?是可忍孰不可忍。他决心去少女父亲面前摊牌,要和少女分手。到时候该说的话都想好了:

"府上的小姐对我神魂颠倒,每天打电话来,不胜其扰。还要送我礼物,送就送吧,昨天收到一盒巧克力,打开一看,百来只老鼠跑了出来,搞得家里一团糟。您说这该如何是好?"

(理智就此终结。他疯了。)

……

一个人疯了的时候,有一点很可怕,那就是这时的世界看上去依然如故。

车站前有个香烟摊,香烟摊的公用电话上,行道树投下翠绿的树影,世界太平,没有任何变化。只有他,不知怎的就成了"不胜其扰"的一方。

一个人的理智，不是在泳池跳板的前端这类危险的地方消失的。安静的途中，太平的十字路口，理智像一缕烟一般倏然消逝。

你，还好吗？

礼仪的终结

在我看来，东西方的礼仪在根本精神层面是大同小异的，但其表现形式千差万别。阅读有关西方礼仪的书籍，全是繁琐的细枝末节，令人头疼。

最近，女性杂志上经常刊登有关西方礼仪的文章，西餐的礼节，聚会的规矩，不一而足。在我看来，都是具体的细节，没有切中要害，显然是捡了芝麻丢了西瓜。

这里讲一条——聚会的私密性。

说起聚会的私密性，各位不要胡乱联想。我说的是正儿八经的聚会，参加者都是有头有脸的人。这种聚会，尤其重视私密性。

日本的艺人在新居落成时大搞庆祝聚会，呼朋唤友，还请各路媒体上门，又是拍照又是摄像，甚至搞现场直播。更有甚者，在车站前私设摆渡车站点，包下一辆巴士，往返于车站和会场之间。这种事情只会发生在全无隐私可言的演艺圈，属于特例。

我们用常识思考一下。如果你受邀参加聚会，在大庭广众之下问候主人：

"哎呀呀，感谢您的邀请。上个礼拜刚来过府上，今晚又来打扰,不好意思,不好意思……"

旁人听了你的话,会作何感想?想必会不开心吧:

"这家伙真矫情。显摆自己跟主人关系好是不是?我跟主人认识了有大半年,今天才受邀上门的。"

所以说这种事情还是不说为妙。这就是所谓的聚会的私密性。聚会后感谢主人的邀请,第二天在电话里表示一下就行了,切勿在下次聚会时当面提。这是西方礼节的原则。再举一个例子,比如在大庭广众之下说:

"昨天晚上,X先生邀请我参加晚餐会。来的还有A先生、B先生和C先生。场面真大。"

假设在场者当中有X先生的熟人,而他又没有受邀参加X先生的聚会,听了这种话,心里必然不舒服,或许还会影响他和X先生的关系。

再来看说这话的人,若不是说话不经过脑子随口说出来,那就是存心显摆,满足虚荣心——"瞧,X先生邀请我了,多么荣耀"。殊不知说这样的话也会损害其形象。又假如他说的不是"场面真大",而是"没啥意思",给X先生的聚会一个差评,明眼人很快就能看穿他这是在摆姿态,显示自己比X更有品位,结果还是损害了自己的形象。可见聚会的私密性是符合人际交往常识的。

在国外,那些不重视聚会私密性的人会被打上假绅士的烙印,被大家嗤之以鼻,赶出社交圈。而在日本,后果好像没那么严重。原因之一,是日本人没有深刻理解"上门赴约"的社交意义。

有一次,我亲眼见证了一位名扬日本的精英公然破坏社交礼仪。事情发生在一场外国驻日使领馆举办的晚餐会上。正餐前一小时是宾客享受开胃酒相互交谈的时间，过后宾客们被带进餐厅，齐齐落座。只见餐桌上烛光灿灿，用作摆设的瓷盘上镶着徽章，金光闪闪，一派盛况——就在这时，日本人Q先生大声对外国人L先生说：

"L先生，前段时间承蒙您邀请，很遗憾没能出席。琐事繁多，实在是分身乏术……"

我恰好听见，不寒而栗。而日本通L先生则打了个马虎眼，应付过去。此后宾客各就各位，开始用餐。

这堪称餐桌上的犯罪行为，"礼仪终结者"的典型。为什么说是犯罪行为？第一，Q先生在众人面前公然违反了聚会私密性的原则；第二，告诉在座的各位自己拒绝了L先生的邀请，拂了L先生的面子。如果是真心想道歉，完全可以好好利用餐前一小时的开胃酒时间，抓住机会和L先生单独交谈，或者干脆对前些天的事只字不提。这位Q先生在海外生活多年，天晓得他都学到了些什么。

"昨天N先生邀请我去了柳桥……"有的人逢人就讲，恨不得天下皆知。

殊不知在柳桥之类历史悠久的花街柳巷，艺伎绝不会在客人面前谈论别的客人，这一点倒是和西方崇尚的"聚会的私密性"不谋而合。秘密一般都是从那些嘴碎又爱虚荣的客人嘴里泄漏出来的。

有人会说西方的报纸上设有专门的社交栏目，详细介绍社交界的活动，连出席者的名字、服装穿着等都公开了。其实这仅限于公开的聚会，新闻报道也是经过出席者和主人同意的。

有些聚会门槛高，即便是没有受邀，人们心里也不会有任何不满。但一般的聚会，大家都觉得自己有资格参加。主人家不邀请谁，实在是要花费一番苦心的。

相亲的终结

相亲结束的时候,双方该说些什么收场呢?我好久以前相过亲,已经忘了当时说了些什么。

"再见。"——感觉是谈崩了。

"敬颂均安。"——装腔作势,把自己当上流社会了。

"改天再来拜访。"——有点强势。

"来日再会。"——给人淡漠之感。

"晚安。"——容易让人想歪。

"告辞。"——这句相对稳妥,但略显生硬。或许不说话,用眼神致意,是最好的收场方式。

不管中不中意,相亲这种事总归会让人颇有压力,结束时双方都如释重负。讲话要斟词酌句有礼貌,举止要温文尔雅有修养,男方露些许野性,姑娘秀几分娇媚,不时抛出些高雅的俏皮话逗引对方,又是聊钢琴,又是谈网球,专挑这类像汽水一样的话题……结束的时候,双方都觉得终于解脱了。

事后,姑娘同亲友们移步咖啡馆,开始对男人评头论足。假如媒人性格古板,那有些心里话也只好憋在肚子里,如果平日就很亲近,那么姑娘在母亲面前就有话直说了。

"怎么样?满意吗?"

"瞧他那鼻子。像不像老鼠?"

"男人怎么能光看脸呐。"

"不看脸还相什么亲呀。"

"只是看不惯他的鼻子?别的呢?"

"说话腔调听着别扭。'我呢,作为公务员呢','呢呢呢'的听着实在受不了,就好像一脚踩在人家吐掉的口香糖上。"

"别说,你的形容还挺形象的。"

"你是媒人啊,这话你可不能说。"

"不过别的条件还挺好的。"

"他就是典型的条件再好也没人要。"

"哎哟哟,瞧你说的。"

于是,对话中的"他"彻底没戏。两个本有可能在同一屋檐下过一辈子的人,就此成为陌路。既不握手,也不吻别。

不论是对于公子哥儿还是对于千金小姐,相亲都是一场相当残酷的考试。期末考试不及格,还能找个"学习不用功"之类的借口,相亲后没被人家看上,那是一个人的整体评价不合格,当事人只能打碎牙往肚里咽。

相亲是很主观的。主观的核心是"直觉",你还别说,直觉还是挺准的,所以相亲在本质上跟名贵猫狗配种一样——人类依赖其动物本能进行判断。

从这一点来讲,相亲被拒却还不死心,那是很丢人的。相亲和恋爱不同,情侣一开始情投意合,后来产生裂痕,最终分手,而相亲的结果取决于双方一瞬间的判断,所以必须做好心理准备:一旦对不上眼,那么二人在今后将会比陌生人还要陌生。

长相、身材、言谈举止……全都是相亲的关卡,"喜欢""不喜欢",逐个加以评判。真可谓人类关系中最为惨烈的互动。求职面试跟它相比,乃是小巫见大巫。真要是对不上眼,相亲宣告失败,如何拒绝对方就成了一门高深的学问。为了不伤害对方,人们在措辞上可是下足了功夫。

"他本人也说令爱是真的好。不过您看,令爱学业斐然,他本人逊色不少,诚惶诚恐,说是没有信心去引领这般优秀的姑娘。身为男人,这话说得也的确是窝囊了些……"(言下之意:你们家姑娘当自己是社会精英,自我感觉好上天了,看不惯。)

"哎呀呀,论品貌,论家世,论教养,令郎都无可挑剔,配 X 子太可惜了。常言道,不相般配,难成夫妻,令郎如此完美,倒让 X 子打了退堂鼓。您也看到了,她是个不懂礼数的小姑娘……"(言下之意,男方自诩名门望族,让人恶心。否则就是影射男方生理上的缺陷,比如"年纪轻轻就谢了顶"——因为特地提到了"品貌"。)

"J 小姐无论是家教还是心地,都好得没话说。只可惜 R 太郎生性软弱,我们想替他物色一位性格刚强的姑娘来鞭策他……"(等于说 J 小姐长得不好看,我们不要。)

媒人巧舌如簧,网罗天下好话,尽量消除相亲失败对女方造成的负面影响。这番话当中,女方的智慧、家世、教养以及"性格柔顺"都得到了保全。一个姑娘被人挑剔"性格柔顺",好像也没什么好生气的。

相亲失败，一男一女像两只擦肩而过的小船，继续航行于人生的大海。而相亲如果成功，那么"相亲的终结"就不单纯是动物本能判断的结束，也是复杂的人类理性判断——也就是婚姻生活——的开始。

钻石的终结

宝石至纯至洁，尤以钻石为最。说来也怪，谁也伤不了这种坚硬无比的物质。而人心的纯洁，必然受到玷污和伤害，不复当初。至于人的肉体，和人心一样，早晚要遭到玷污和伤害，亦不复当初。

这并不单单反映了动物和矿物之间的差别。人的肉体和心灵的纯洁，与钻石相比，是多么的脆弱、单薄，毫无意义可言。至少没有钻石纯洁得那般彻底（纯洁是钻石的本质）。或许对于人类而言，纯洁就像盲肠，已经是无用的器官——要不然大自然为什么会如此厚待钻石，却轻贱人类呢？

且说人总是憧憬自身所不具备的东西。比如永恒的纯洁，永恒的美的结晶，坚不可摧的纯洁……这便是钻石受宠的理由，也是世人追捧钻石的心理根源。钻石用钱买卖，这一点跟娼妓一样，但我从来没听说过"钻石失贞"之类的话，倒是没少听说少女被钻石晃花了眼，从而失去了童贞。也许可以这样讲，这种行为相当于人类抛弃了迟早受损的纯洁，换来永恒的钻石的纯洁。

那么人类在失去钻石的时候，还会失去什么呢？

逃亡到欧洲的俄国贵族靠变卖钻石为生，这事在不少小说和电影中出现过。据传日本也有类似的事情。"二战"期间，有些日本人把钻石混进润肤霜里，从国外偷偷带回国，往后二十年换钱过日子。

这类人变卖永恒的纯洁和美来应付衣食住行的日常开销，舍弃永恒之物以补贴家用。细细想来，干这事的不光是逃亡贵族，普通人的平凡人生也是如此。

人和钻石之间的奇妙关系横陈眼前。钻石代表财富，但不能填饱肚子，也没有营养，用它"装点门面"，则需要配得上它的衣服，光有几颗钻石，没有任何意义。这么说来钻石跟金钱是一样的咯？不。钻石本身是高贵、稀有、美的事物，它本身就是美。

然而，这份永远不会被玷污的纯洁毫无节操可言，仿佛拈花惹草的蝴蝶，从一个富翁手中飞到另一个富翁手中。纯洁的它安坐在铺了天鹅绒的珠宝盒里，养尊处优，却毫不感恩，正所谓"金尽之日，缘断之时"，说不定哪一天就换了主子。钻石没有生，也没有死，自然也就没有终结之日。

对于这样的存在，人类从来没有放弃过追求。世上有一种罕见的少女，性质就跟钻石差不多。她们根本不在乎伤别人的心，失去纯洁的危险自然就小。少女失贞，很多情况下是因为她为人随和，或富于人道主义精神。

这类少女的心就像钻石一般坚硬，接近她的男人全都受了伤。男人带她去最高档的酒店，给她买裘皮大衣，少女也不会心生歉疚而委身于他。世界之大，有一种独特的男人，对女人出手阔绰，然而一旦对方表现出歉疚而要以身相许，他便翻脸不喜欢了。"钻石少女"直觉敏锐，渔猎这类金主很是拿手，但始终守身如玉。其实她属于精神上的妓女，懂得均势战略，绝不委身于某一个男人，而是同时将几人玩弄于股掌之中，毫无节操，背信弃义乃家常便饭。男人摸不透她的真心何在，越发心焦。

"钻石少女"是绝世大美女，自然是广结善缘，特别能勾起男人们的征服欲。当中或许有些不良分子，把她当钻石一样转手卖掉，然而她不管自己的身价被抬到多少，始终一副满不在乎的表情，坚守着自己的贞操。

她绝对、绝对、绝对不会爱上任何人。她自以为是一个纯洁透明的结晶，凌驾于众人之上。到最后，她打心眼里认定自己就是一颗钻石。万万没想到，某一天晚上，一位温文尔雅而且无欲无求的大富豪让她放松了警惕。富豪在酒里下了药，趁少女睡熟侵犯了她。

我从来没听说过钻石在熟睡期间被人玷污。因为钻石是不睡觉的。几百个上千个夜晚，它从不闭眼，始终保持警惕。即便是躺在铺了天鹅绒的珠宝盒里，钻石也永远是清醒的，睁着大眼，闪着寒光。

"钻石少女"终究不是钻石。她的"钻石"不复存在，成了一个普通的女子。这么看来，人不可能像钻石那样永远纯洁。说起男人中的"钻石"，我们马上就能联想到敢死队的勇士。人若要保持"钻石"之身，只有纯洁地赴死。

工作的终结

当小说家不是一份好差事,时常心浮气躁,情绪不佳。比起那些许多人热热闹闹一起干的集体艺术(比如戏剧、电影、电视),小说家可谓随心所欲的行当。殊不知人一旦被告知"放手干吧",反倒没有了头绪。恰似凭空变出一朵花的魔术师,我们写小说也是无中生有,个中难处不足为外人道也。

神经质,肠胃不好,歇斯底里,都是小说家的职业病。文思枯竭,笔头涩滞,眼看截稿日期临近,情急之下出了轨,惹得老婆眼泪汪汪。那些家庭责任感更强的人不会出轨,他可能会一把掀翻小餐桌,怒斥道:

"这么难吃的东西!是给人吃的吗!"

生鱼片和蛋包饭打翻在地,榻榻米上一片狼藉……

小说家内心焦躁不安,以致拿他人撒气泄愤,别无他法。像我这等温良的小说家实属罕见。他们如此痛苦,莫非是在大是大非上遇到瓶颈?其实他的苦恼是这样的:

"要怎么写女人的脚踝才能突显她的魅力呢?"

可见小说家对于社会是百害无一益的存在。

女小说家不流露苦闷，她们情绪内敛，作践了肠胃心脏。在我眼里，再美的女作家，再怎么梳妆打扮，我一想到她是写小说的，立刻就想到她颓废衰败的五脏六腑，害怕得不敢靠近。所幸的是，百分之九十的女作家都悉心呵护皮肤，以减轻体内的荒芜状态。

林芙美子女士是不是可以归入剩下的百分之十？

她随手写下一首短诗："青春如花惜命短，余生痛苦绵绵长。"从这句看，我怀疑她是那百分之九十。不过她晚年的作家生活困顿非常，日常生活也是近乎荒废，却创作出一部又一部相当好的短篇作品。我还记得她写过一句：

"收工的早晨，我觉得自己不需要男人。"

要是男作家的话，这句话就是"不需要女人"，换言之，就是不需要性爱。人这种动物，即便有百分之九十九的满足，剩下的百分之一也需要通过性爱来填补，所以说"不需要性爱"的人，应该是百分之百满足的。从这个意义来讲，工作是否充实，或许可以用"需不需要性爱"来衡量。

"哈哈，写完小说啦，赶紧去爽一下。"

此人必然是三流作家。

工作燃尽了全部精力，疲劳到极点，然而此刻眼前的一切——阳光、树荫，似乎都在为你歌唱："收工啦！收工啦！"幸福感充盈全身，再也不想听到别人说什么"我爱你"，因为在这一刻，全世界都爱着你，你也爱着全世界……

当然这只是一时的情绪，半天过去，性欲又恢复了（假如性欲从此消失，恐怕也写不出下一部作品来了）。但不管怎么说，人生当中,很少有比收工时更让人感动、满足、如释重负的时刻了。

三百六十行,行行要收工。来看看五点下班时鱼贯走出办公楼的女文员吧。

"下班了的确松一口气,不过也没觉得有多放松,没有那种一身轻松的感觉。"一位在某石油公司工作的二十二岁女文员这样说道。其他女同事你一言我一语:

"走出公司大楼的时候,就会有'下班啦'的感觉。"

"我向男同事说'告辞'的时候才有下班的感觉。"

"我是在暑期休假或者长假前一天下班回家的时候,才觉得工作结束了。"

"夏天室内和户外的空气不同吧。走到外面的一瞬间,我就会松一口气——啊!终于下班了。"

且说收工后的小聚会基本上都是早就约好的。想到下了班有乐子,干起工作来劲头就是不一样。

"和朋友有约的时候,一心想着早点干完,结果四点就搞定了。太早干完也不好,所以我就把文具和印章留在桌面上,等到快下班了再整理,一到点儿迅速搞定,然后下班。"

我以前学过一点马术,知道怎么调教马匹——方糖最管用。骑马后给它方糖,下一次它记住了甜头,心想只要乖乖听话就有方糖吃,对我很是顺从。有的人把工作当做兴趣爱好,真要是达到这个境界,工作就是他的方糖。但人究竟和马匹不同,知道自己找乐子。为了下班后的乐子,人铆足精神卖力干活,天长日久,人生的意义似乎就成了追求下班后的乐子,工作和乐子的地位完全颠倒了。

这就是所谓的"以人为本"。某个天光尚明的夏日傍晚，写字楼中涌出衣着光鲜的女文员们，每个人都是求乐若渴的表情，想必连她们自己也不知道在之前的八个小时里到底干了些什么，总之，如果没有下班后的"方糖"，是万万坚持不住的。

梅雨的终结

每年发布"入梅宣言""出梅宣言"的日本中央气象台，今年有废除"入梅宣言"的意思——工作人员抬眼望阴沉欲雨的天空喃喃自语："唔……还没入梅吧。"总算对所谓的宣言厌倦了。依我看，每年恶评如潮的"出梅宣言"也是趁早终结的好。往年某一天，中央气象台郑重宣布"出梅了"，当晚就滴滴答答下起雨来，阴雨连绵的天气持续了整整一周，把中央气象台的脸都丢尽了。

梅雨季对于农作物来讲不可或缺，而对生活在城市的人类而言纯属烦恼，空气潮湿得脑髓几乎要发霉，却又格外地撩人情欲。永井荷风把《濹东绮谭》的故事安排在梅雨季节实乃巧思，因为这和夏季那种豁然开朗的性欲大相径庭，阴暗沉滞，用梅雨季来象征再恰当不过。

阴郁，闷闷不乐，优柔寡断，千愁万恨，哭诉……只求这些东西赶紧了结，而梅雨就是不依不饶。明知出梅后将迎来明晃晃的夏日晴空，而眼下冷飕飕的阴雨天气就是连绵不绝。日本的梅雨期，论黏腻阴湿，都独具日本特色。且看热带的雨季，全是豪迈的暴风骤雨。

我在想，莫非日本式的人生观也脱胎于日本的梅雨？"不好的事情最好早点结束。至于什么时候结束，那就只能等了。"不少人在心里嘀咕："实在受不了讨厌的上司（老公、老婆），不过除了慢慢等他（她）死，也没别的办法。"

都说日本社会讲究人情义理。恰恰是在那些最讲究人情义理的地方，梅雨式的社会情感最为深重：人都在苦等对方比自己先死。湿漉漉，黏糊糊，脚底板全是汗，背脊上痒嗖嗖——这种人际关系，依然潜藏于外观先进的现代企业里，流转在美式的开放式厨房中。

梅雨期也是鼻涕虫的旺季。鼻涕虫式的人在日本比比皆是。有人期盼梅雨早日结束，刚宣布第二天要闹革命，到头来却和"出梅宣言"一个下场，当晚又开始下雨，真叫人泄气。在日本，别搞什么革命政变，万事听天由命顺其自然就好，总有一天会出梅的嘛——这便是鼻涕虫式的人生观。

日本的政府大体上也是鼻涕虫式政府。美国不了解亚洲的雨季，以至于深陷绵长不绝的越南战争的"梅雨季"，搞得身心俱疲。在几乎不下雨的加利福尼亚州长大的美国人，恐怕是没见过鼻涕虫，当然也不知道对付鼻涕虫最好的武器是盐巴。

日本的恋爱也是梅雨式的，滴滴答答，滴滴答答，不知何时才会止住。男人明明什么也没说，女人却不停地念叨：

"我爱你。"

"我爱你。"

"我爱你。"

"我爱你。"

就像檐头的水滴，反反复复，无休无止。这时男人提出了分手，女人回头就上法院指控男人"不履行婚约"。这类女性也其实没有什么恶意，就是容易陷入自我暗示。成天反复说"我爱你"，久而久之就产生了幻听，觉得是对方在说"我爱你"。胆敢向她们抛出"出梅宣言"，恐怕当晚就要狂风大作，后果不堪设想。

大自然沉默着。大自然只呈现事实。大自然才不会发布什么宣言。发布宣言的只有人类——搞什么"戒酒宣言""离婚宣言"也就罢了，毕竟这些事情是人的意志决定得了的。而像什么"出梅宣言"，用人类意志限制自然现象，显然行不通。

且说人类也分亲近自然的人和疏远自然的人。明知不好偏要做，这是前者，知道不好坚决不做，那是后者。全体人类当中，百分之九十九的人是前者，剩下的百分之一是后者。这意味着人是大自然的一部分，受大自然的制约，体内也包藏了大自然的一部分。有的人宣称戒酒，结果当晚又喝起来了，其实不过是自身体内的自然在作祟，宣言起不了任何作用，跟中央气象台的窘境一个道理。如果是离婚宣言，那么就有双份的大自然的机制，情况加倍复杂，那些成天吵着要离婚的夫妇反而离不了婚。

在斯特林堡的戏剧《死亡之舞》中，那对爱着对方又恨着对方、腻歪到了极点的夫妻之间的对话，是这样开始的：

大尉：给我弹一曲吧。

阿丽丝（提不起劲，但也不抗拒）：弹什么呢？

大尉：什么都行。

阿丽丝：你不是不喜欢我弹么。

大尉：你不也讨厌我做的事么。

阿丽丝（岔开话题）：门就这么敞着？

大尉：随你咯。

阿丽丝：那就敞着吧。

——漫长夫妻生活的梅雨，直到大尉死去的那一天，才会宣告终结。

英雄的终结

最近，有家杂志刊登了一张照片。照片的主人公是人称"东洋魔女"的日纺贝冢女排主将河西昌枝，她婚后一心扑在家庭上，专事家务，一家和美。我看了真是颇感欣慰。她才是近些年罕见的"女英雄"。

当年日本女排在奥运会排球决赛中胜出，河西昌枝功不可没，在我眼中，她当然是一位女英雄，更是一位机敏伶俐、殷勤待客的"女主人"。我在一篇文章里写道：

"她（河西选手）站在前锋的位置，宛如水鸟群当中最高挑的那一只头领。她审视敌阵，向上盘起的头发一丝不乱，冷静地锁定敌人的软肋。排球必定经过她的手，轻轻一颠传给队友，从球网的顶端，直射敌阵的空当。

"河西是一位完美的女主人。觥筹交错间，她一眼就能看出谁的酒杯空了，谁正埋头进餐，随后吩咐手下的侍者殷勤招待，滴水不漏。这盛大周到的酒宴，令苏联队疲于奔命。"

现如今她果真成了家庭主妇。原先的英雄，如今在家等候丈夫回家，用心做晚饭，在厨房展示如滚翻救球一般的妙技，无比幸福。我不敢说她的心中对昔日荣光没有丝毫留恋，但我非常赞赏她眼下的状态——一个女人，享受着女人应得的幸福生活。

换句话说，一个女英雄回归为一个女人，毫无疑问是"英雄的终结"，但同时也是"女人的开始"，将来还是"母性的开始"。这么说吧，有"女人"这个故乡的她，只是返回故乡而已。这完全是女人的特权，一旦混不下去了，就回归女性，让人羡慕嫉妒。从这一点来看，女人的战争是有根据地的战争，不必背水一战。她的英雄时代落下帷幕，丝毫不凄凉也不悲惨，反倒有功成名就的意味。

也有反面的例子。比如平时信赖有加的知性女子，一旦跟她提出分手，性格豹变，化为普通女子，十分难对付。

说到男人，那就很惨了。英雄光环褪去之后人还没死，接下来的人生只能称之为"余生"。为什么这么讲呢？其实，男人成为英雄，就意味着他成为真正的男人，已经没有后路可退。有朝一日他不再是英雄，便无处可去，只能沦落为"比当年逞英豪的自己略逊的男人"。本来是人中龙凤，如今只是一个普通人，只能以一个冒牌货（相对当英雄时而言）的面貌度过余生。

所以男人需要勋章。有一部小说名叫《女人的勋章》，怎么看怎么滑稽，足见勋章是属于男人的东西。曾经的英雄，如果连勋章（比如早年的金鵄勋章）都没拿到，怎么向别人证明自己是英雄？证明不了自己是英雄，简直生不如死。这里说几句题外话。有一种授予留下文化功绩者的"文化勋章"，从勋章的本意上讲，属于歪门邪道。勋章也好，铜像也罢，都是为什么也没留下的英雄而存在的。称某人为英雄，称赞的只是他的行为，所谓的"文化英雄"，是有语病的。

且说日本战败，当然也就不可能存在战争英雄。追溯早年的日俄战争，倒是涌现出一大批英雄，尤以东乡平八郎元帅为最。

日俄战争结束后，东乡元帅一直活着，我上小学后才去世。元帅在世期间，再也没有立下超越日本海海战的功劳，也没有立功的机会。赋予一个人英雄称号的，往往是他在短短五分钟之内的所作所为。这五分钟，甚至几秒钟，就决定了他接下来几十年的人生。即便是东乡元帅，日本海海战之后的时光，也不过是他的"余生"而已。

话说回来，东乡元帅死在一个好时代。他的后事真是灿烂辉煌，我想我这辈子再也看不见那般恢弘的葬礼了。我们小学生为了瞻仰元帅的国葬，提前好几个钟头，早早在千鸟之渊公园排队等候。国葬的队伍从九段坂缓缓行来，我对外国武官的队列印象最深：身穿华丽军装，头戴白羽毛头盔，步伐很有特色——先迈出一条腿，然后双腿并拢呈立正姿势，再迈出另一条腿。远远望去，俨然一队羽毛华美的热带鸟类。绵长不绝的送葬队伍，缓缓挪移的灵柩……我没看完整条队伍，就因为脑贫血晕倒了。

东乡元帅这般幸福的英雄实属凤毛麟角。

现在，我一头扎进街头小吃摊大吃关东煮，去弹子房玩上一整天，不会有任何心理负担。然而我若是做了一些壮举而成为英雄的话，那就不能毁了自己的形象，更要维护自己在别人心目中的形象——这便是一个人成为英雄之后贯彻终生的人生态度。要我说，还不如死了好，不是吗？

嫉妒的终结

嫉妒告一段落。

此时此刻的心情一定是安详、愉悦、明朗、如释重负的。比任何一种疾病痊愈的时候都要开心。因为嫉妒是最阴沉的心病。有一种心理疾病叫做"抑郁症",嫉妒比它还要折磨人。此话怎讲?因为抑郁症患者彻底放弃了人生,而嫉妒的人还心存希望。

心生嫉妒的人就好比要喝掉摆在面前那一杯漆黑的水的人,明摆着很难喝的东西,其实根本没必要喝下,然而,当中混着一滴希望让它闪耀着光芒,吐露出芬芳,嫉妒的人铁了心要喝下去。一口下肚,立刻恶心反胃,整个人都不好了——摆脱嫉妒困扰,就等于放弃那一丁点希望。

"他表面上对我爱理不理,其实心里还是爱我的。"

"别看他现在被那女人迷得七荤八素,将来一定会清醒的,会回到我的身边的……要不然我亲自动手弄醒他?"

可见,嫉妒的大厦必然建筑在希望的地基之上,只不过话说出口就变味了:

"到此为止吧。我已经放弃他了。我只恨那个女人。"

她说的"恨"和嫉妒是两回事。嫉妒会反噬自身，结果是作茧自缚。而憎恨是对外的、具有攻击性的情感。打个比方，打仗的时候仇恨敌人，没毛病，倒是没怎么听说过因为敌人那边军饷高、伙食好而心生嫉妒的。敌军伙食好，那就发动夜袭，把粮草抢过来嘛。嫉妒本就是一种阴郁优柔的内攻情绪，并不对外。脑子里情敌的形象挥之不去，恨得牙根痒痒，那是把对方和自己作比较的结果。自尊心随即受伤，伤口火辣辣的，到后来一天二十四小时没完没了地疼。可见心生嫉妒有两个条件，一是希望，二是自尊心，缺一不可。

有希望没自尊心，那是很快乐的。说白了，她是个傻子，傻人有傻福。

"我反正没一丁点儿魅力，再说我也习惯被人嘲笑了，笑就笑呗……我觉得他过了多久就会回到我身边的，回来放松心情。到时候再热情欢迎他吧。"

——大彻大悟到如此地步，嫉妒自然不会产生。

再来看自尊心极其强烈的人，这类人根本没把希望放在心上：

"他的审美有问题，竟然放弃我这样的大美女，喜欢那个丑八怪。人只要走错一步，基本不可能改邪归正，回到我身边来了。即使来了，我也给他吃闭门羹。"这类人也不大会嫉妒。

最麻烦的情况是怀揣半瓶子希望，又怀揣半瓶子自尊心——世界上的女人几乎都是这种类型，虚假的希望和脆弱的自尊心纠缠不休。

"我也是很有魅力的，所以他还是有希望回到我身边的。等他清醒了比比看就知道了，我和Ａ子相比，简直有云泥之别。"

"他一定会回来的……哼，我要把他抢回来。说我没有自尊心？你们都错了！老虎不发威，当我是病猫呀。"

就这样，半吊子的自尊心夸大了希望，为了给膨胀的希望以底气，她不得不努力鼓舞自己的自尊心——这个无休无止的恶性循环就是嫉妒的本质。

女性非常不善于利用自我意识。在两人如胶似漆的时候，应该激活自我意识，确保自身处于有利地位。而这时的女性偏偏放弃了自我意识，把判断交给了男人，自身沉浸在柔情蜜意之中，神魂颠倒。一旦男人热情冷却，另有新欢，女性的自我意识一下子变得勇猛非常，但都没用在点子上（"我这么美，这么有魅力，为什么抛弃我！"）。神魂颠倒的女人根本没注意男人眼神里爱意消失的那一瞬间，浑然不觉悲剧已经上演了。

嫉妒什么时候终结呢？一年后？五年后？十年后？可以肯定的是，嫉妒是突然终结的。一直以来折磨自己的东西突然消失了，那些"天大的事"忽然全都不是事了，自己捡了芝麻丢了西瓜，怎么就这么傻呢？不过事到如今，也没什么好深究的了。

她完全自由了。第二天，她也许会自杀。因为她失去了一个一直折磨着她的活着的理由——嫉妒。

兽性的终结

有一句拉丁谚语说："所有动物在交媾后都是忧郁的。"

动物在完成交媾的一瞬间，也会变得不再是动物，也会生出类似思想的东西。忧郁是思想上的，而笑是智力上的。

一般认为，人是由精神恋爱渐渐发展为肉体关系。然而，也存在先发生肉体关系，而后慢慢发展精神恋爱的情况，就好比早年的包办婚姻，只看对方的照片就定下婚事，在婚礼上男女双方才第一次见面。

基督教思想认为：人不是动物，应当忠于自身意愿选择配偶，在深入进行精神恋爱的基础上举行婚礼，随后进行肉体的结合，就连当今日本，这种观念也占据主流。人们一谈到相亲，就说那是陋习，鄙夷不屑。对此有人辩白：

"说是相亲，其实从订婚到结婚还是有一段时间的，这段时间两个人好好谈恋爱，跟恋爱结婚也差不多。"

多少有些苍白无力。我也是相亲结婚的，下面我将论述相亲结婚在动物性层面上的正确性。

恋爱是高尚纯洁的，肉体结合是低级污秽丑陋的——其实这个观点以前也不是没有。古希腊所提倡的"柏拉图式恋爱"就是典型。

在日本，恋爱就是肉体的结合，随之而来的便是"物哀"。日本神话当中的男神女神一见面就说："妍哉，汝壮俊男焉！""妍哉，汝丽美人焉！"这就算订下婚约，紧接着便是交合。那么是不是说日本人比西方人更加像动物，更加兽性呢？那纯属扯淡。或许是受食物的影响，日本人性欲之淡泊举世罕见，却非常喜欢黄色笑话和色情游戏，在性事方面，缺少西方人的投入和执著。

在我看来，日本人（虽然看上去清心寡欲好比植物，但终究是哺乳动物）喜欢首先满足自身的兽性，然后悠悠然地迁移到"物哀"情绪上来。作为动物的日本人，似乎就是开头那句拉丁谚语的忠实写照。日本人释放和满足自身兽性的过程是淡泊而又清纯的，就像蓝天下交尾的蜻蜓，一瞬间悬停在空中，飘飘忽忽。

西餐的主菜单里一般会出现口味浓重的肉菜。在肉菜之前，先吃开胃小菜，喝喝汤，吃吃鱼，然后进入主题，大口吃肉。这一点和西方的恋爱很像。西方的恋爱相当于吃肉菜之前喝汤吃鱼的环节，吃主菜时达到高潮——肉欲最终得到满足。西方人如此郑重其事并集中演绎肉体的结合，恰恰反映出西方人悉心期盼释放自身兽性，享受事后的满足。

考察西方人的体质，我们明白西方人难以摆脱自身的兽性。于是，西方人便尽可能地拖延兽性大发的时间，只用精神恋爱解馋，装出"吃饱了"的样子，后来渐渐地露出动物本性，扑到肉上撕咬起来——在兽性大发之前，尽量假装成一个人，这就是西方的恋爱。殊不知这都是彻头彻尾的演技，用以掩盖他们尚未摆脱的野性。晚礼服下藏的是大猩猩一般的体毛。

西方的恋爱观流传到日本之后，日本人傻乎乎地全盘接受（日本人性格当中的禁欲主义因素起了推波助澜的作用），俨然成了主流婚恋观。哪里是什么"所有动物在交媾后都是忧郁的"，简直是"所有动物在交媾前都是忧郁的"，是一种病态的心理。人甚至因此失去了动物特有的直觉。一场海枯石烂的恋爱谈下来，无数男女都沉浸在幻灭的悲哀中呜呜哭泣。经历了所谓的恋爱结婚（包括臭名昭著的奉子成婚），幻灭者不计其数。

如果不受西方舶来恋爱观念的滋扰，践行相亲结婚，那么不论男女，都有可能发挥其敏锐的动物直觉来选择配偶。男女之间的关系，往往是"一见钟情"所决定的。动物园的大猩猩丧偶，人家给它从非洲物色了新的配偶，大猩猩稍稍闻了闻气味，不喜欢，扭头便走。大猩猩蠢笨，不知道并没有其他母猩猩可选，所以自设高门槛，任性到底。

且看雄性人类，如果知道只有一头雌性可选，不喜欢也认了。但这个选择并非出自动物的直觉，而是直觉的对立面——理性。男女相亲，稍稍闻一闻气味，觉得喜欢，两人便有很大可能白头偕老。

都说日本文化的特质是"物哀"。那不是事前，而是事后的心态。细腻的日本人不擅长在事前浪费感情，而善于在事后寻找种种淡淡的心绪和伤感。

兽性的终结或许可以说是日本文化的特长。天下的青年男女啊，请你们早日告别兽性，回归日本文化的本质吧！

世界的终结

好歹，在"终结的美学"讲座接近尾声时，世界末日也没有到来。中美大战没有发生，也没人按下核弹头的发射按钮。各位都在享受悠闲的夏日假期。

世界末日是一个有着永恒魅力的梦。患有不治之症的人，他们最大的梦想必然是自己死的时候世界也刚好灭亡。人生自古谁无死，所以人类的终极梦想就是自己的死亡和世界的终结同时发生。

这才叫公平呢。想想看，自己死了，世界却全然没有变化——地铁轻轨每天满载着上班的人们奔跑，东京塔仍旧矗立在原来的位置，弹子房里终日嘈嘈切切喧嚣不已——想到这里，心里就特别不平衡。大家都活得好好的，自己却要死了，岂有此理！

战争中，自己先于别人死去，并没有什么不公平的。因为谁都不知道自己能不能活到明天，死亡的扑克牌公平地分配给每个人，谁抽到谁死，纯粹是运气好不好的问题。既然每个人死去的可能性都相等，那么恐惧死亡的心理就得到了稀释，害怕孤独的心理（恐惧死亡在一定程度上是因为害怕孤独）也减少了。人丢下一句"我先走一步啊"，便安然赴死。

如今在和平年代，将死之人故作潇洒，说一句"我先走一步啊"，活着的人还不知道什么时候跟来呢，几年后？几十年后？谁也说不准。和平年代的死亡，远比战时的死亡来得可怕。这是因为日常频繁出现的死亡，到了和平年代，它所有的踪影都被仔仔细细地从日常生活中拂拭去了。

和平年代的死，就好比飞进卫生满分的厨房的苍蝇，非常可怕。而原本就肮脏的垃圾堆，来多少苍蝇都不可怕。据说越南人任由几十只苍蝇叮在脸上，仍自顾自午睡。在那种环境下，死一点也不可怕。

所以和平年代的至高理想，就是世界末日。虽然可怕，但是令人向往。任何宗教都用末世思想来吓唬并诱惑民众。

世界末日可以是突然降临的，也可以来个缓期执行。假如是突然降临的，那么大家全都瞬间完蛋，没有任何痛苦，但也没有任何乐趣可言。假如人们知道世界末日将在一周后或一个月后来临，那就是另外一回事了。

早年人们相信，哈雷彗星的尾巴扫过地球会导致人类灭绝，于是陷入一片恐慌。就在前段时间，一九六二年二月上旬，太阳、月亮等八颗天体历经四千九百七十四年再度集结在摩羯宫，印度人认为这是世界末日，有人跑上山，有人散尽家财，还有人自杀，闹得沸沸扬扬。

那些在世界末日前自杀的人，我是怎么也参不透他们的心思。世界若真要完蛋，所谓的经济、政治、社会、道德统统失去了意义，要我说，不妨甩开膀子，去干一些平时想干又忍着没干的事情。恨谁就杀了谁，被捕了也没事，反正没等你上法庭，世界末日就来了；有想睡的女人就去睡，管她是不是别人的老婆；垂涎隔壁邻居家的德国收音机，那就去抢回自己家来，也不用跟那家打招呼。欠的钱当然不用还了，也不用对上司点头哈腰了。大家一起死，全世界共赴黄泉，公平得很，基督教的末日审判之类，纯属骗人的鬼话。

末日临头，有人希望死得体面一点，有人希望死得悲壮一点，有人希望死得平静一点——爱怎样就怎样。英雄主义存在的前提是历史存在。如今历史行将消亡，怎么个死法仅仅是个人的兴趣爱好而已。想死得体面一点，也不过意味着他的爱好是"体面地死去"。

最最可怕的悲剧是，世界末日的预言破灭，世界完全没有终结的迹象。

本来说好了世界末日的，结果末日没来。抢了邻居家的收音机，不得不尴尬地归还；睡了别人的老婆，恐怕要吃官司；吐了上司一脸唾沫，下场很可能是被解雇；杀了人，必然要蹲大牢，弄不好还要判死刑。

这时我们就能清楚地认识到，我们生活在这个不会灭亡的世界上，自己究竟害怕的是什么——他人。世界多存在一天，我们就多害怕一天。"全世界活得好好的，而我却要死了"，我们必然怨恨其他人——活着的全体人类，笑着、走着、活动着的其他人。更无法接受的是，自己和其他人一样，都是"人类"。假如自己是生活在猴子王国的唯一人类，死的时候多少还体面一点。

此时此刻，世界还没有终结的迹象。对于即将死去的人，活着的我们是"其他人"。杂志是代表"其他人"观点的"其他人"的杂志,《女性自身》应当改名为《女性他人》,我们身为"其他人"的一员,笑着、唱着、哭着、怒着……直到自己被所有的"其他人"抛弃、与世长辞的那一天。

(1966年2月14日至8月1日连载于《女性自身》杂志)

致青年武士的精神谈话

致青年武士

关于人生

  人都是在启动人生之后，才渐渐地开启艺术之门。我的情况恰好相反，是在艺术之门开启之后，再启动人生。不过一般而言，人生在先，艺术在后。

  有一些艺术家探明了从人生迈向艺术的意义，比如司汤达，比如卡萨诺瓦。司汤达不受女人待见，人生处处失意，经历多次失败之后，他意识到，要实现自己的梦想，唯有文学一条路可走。再来看卡萨诺瓦，他天赋异禀，遍历女人，尽享人生甘甜，此后无所事事，便开始创作回忆录。

  这是一场艺术和人生的争斗。我们有一种错觉，觉得自己要向小说家学习人生，殊不知小说家的人生很荒芜。大千世界，人生丰富多彩者大有人在，而在这些人当中，有意记录自己人生的，我想一百个人里面顶多有一个，且不论记录人生也是需要才能、技术和长时间训练的（就像一切体育运动一样）。训练消磨人生乐趣，而且人也不能在冒险途中训练记录人生的才能。到了晚年，总算动了写自传的心思，要把自己的人生写成传奇故事流传后世，可惜大多为时已晚。勉强赶上的大概只有卡萨诺瓦之类，属于个例。

再来看司汤达，他的人生不甚如意，不受女人待见。既然如此，他就把自己对人生的不满、愤懑以及梦想、诗歌等，一股脑儿凝聚在一部小说当中——这也需要相当高的才华。因为小说家干的是无中生有的行当，仰仗想象力，创造另一个世界。想象力这种东西，大多是从不满当中分泌出来的，或是从百无聊赖中产生的。当我们面临危险，疲于奔命，为了活下去而倾尽全力的时候，哪还有闲工夫去想象。如果说想象力是神经衰弱的原因，那么战争期间的日本人最不容易染上神经衰弱。那个时代，小偷很少，犯罪也少，人的精神全部集中在战争这个必须举全民族之力才可能成功的事业上，想象力得不到滋养。

开篇我说了，我的人生在艺术之后才启动，其实这类小说家不在少数。二十来岁写小说的人，以他有生以来的感受为基础，在这个基础之上展开想象力。讲究的并非人生阅历，而是"感性"。我们在多愁善感之中，找到自己人生的不协调，为了弥补这种不协调而嬉戏在语言的世界。不少小说家就是这么成长起来的。小说家所具备的品味真正人生所必需的坚强的意志力、耐力以及其他品质，就是从开始写小说的时候培养起来的，那些在人的一生当中可能发挥作用的能力都奉献给了有助于他成为小说家的领域，最后定型为业内行家，进而回溯少年时代充满感性的时光，在其中追求最为纯粹无瑕、印象最为深刻的人生体验。有一种观点认为，作家在迈向处女作的过程中成熟起来，这么说无非是因为处女作脱胎于阅历尚浅的年轻作家最敏锐的感性，而正是这部不完备的作品，才是作家将在其一生中回归数次的宝贵的精神家园。

不单是少年时代，幼年时期也是作家宝贵的故乡。在那里，不存在什么阅历和理性，只有梦和感性，不但不需要担负成年人的责任，还受到大人的保护。说句题外话，全学联的政治行为总给人一种行为艺术的感觉，因为他们把幼稚的梦想、理想的世界和政治结合在一起。我们并非从人生的第一步起，对人生就是满足的。满足的人是极个别的。我想任何社会革命的成功都不会改变这一点。艺术，从那里诞生。

关于艺术

昨天，我遇见一位前日本军官。他今年五十岁，是一名成功的企业家。然而他在以往的人生中，曾有七次与死神擦肩而过。他所指挥的运输船队，被击沉过六次。

且听他描述当时的情形：听见敌人来袭的警报，抬头一看，几架敌机从前方快速袭来，右边也有几架，后面还有几架。假如是两个方向的夹击，那么船只还能通过蛇形机动回避攻击，现在是三方夹击，只能坐以待毙了。深水炸弹在船的四周掀起高高的水柱，白色的水柱就像画中的喷泉一般，就这么凝固在空中。他与连队旗师团长等人一起放下小艇，命令其他士兵跳海，最后只剩下他和瑟瑟发抖的士官。船身渐渐倾斜，六十岁的老船长把锁链缠在自己身上，决心和船共存亡。到了最后一刻，船身已然垂直于海面，他从顶部六十米高处纵身一跃，跳入海里。

落海后他喝了不少海水，死命挣扎却无法浮出海面。等晃过神来，他发现头已经露出了艳阳高照的海面。他随波逐流，徘徊在生死之间，三十六个小时之后才获救。海军的救生艇首先营救的是套着救生圈呼救的慰安妇和护士（看来女士优先的精神在海军深入人心），接着营救男士，将落难者逐个拉上救生艇，第一时间用所谓的"精神棒"好一顿打，为的是防止落难者获救后精神松懈下来，一命呜呼。这位军官获救后，展示自己高级军官的徽章，免了一顿打。可见他当时还是很精神的。

这样的九死一生，他经历过好多次。每次都觉得自己死定了，又哧溜逃脱了死神的魔爪。人生有一种规律：只有把自己置于死地，生命才能展示其真正的力量和坚韧。要验证生命的硬度和强度，只有用死亡去撞击它，这就好比甄别钻石，只有把它与人工合成的蓝宝石、红宝石放在一起，让它们相互研磨，才能验明真伪。假如生命在死亡的撞击下受损甚至破碎，那么这个生命或许只不过是普通的玻璃罢了。

然而，我们生活在一个非常混沌模糊的时代。在日常生活中，意外身故者少之又少（顶多是交通事故），医疗条件完备，早年威胁病弱青年生命的肺结核、威胁健康青年生命的兵役，都已经成为过去。那么，在没有死亡风险的年代，我们怎么才能证明自己的存在呢？一种行为是疯狂的淫乱，另一种行为是仅仅为了宣泄暴力的政治运动。连艺术也生发出一股几乎不具备意义的焦虑感。说起来，艺术是一种适合在暖炉旁享受的东西。欣赏优美的画作，体味安静的音乐，阅读构思精巧的小说，都有赖于暖炉边孤独的时光。比如饱经世故的老政治家坐在壁炉旁，叼着烟斗阅读娱乐消遣的文学作品（比如"007"系列小说）。英国素来以人生为重，艺术早在狄更斯的年代便带上了这种属性。英国的绘画大多是平和的风景画和温雅的肖像画，画家不追求刺激人生的作品。即便带了点刺激，也不过是用纸上的冒险博取中年人的莞尔一笑，给那些品尝过真正冒险滋味的人一次"忆当年"的机会，仅此而已。英国文学不好读，原因就在这里。相比之下，将激荡的人生凝缩成小说，或将青年的思想苦闷原封不动地搬进艺术，这两种艺术倾向则出现在不成熟的社会。

《卡拉马佐夫兄弟》揭示了人类可怕的精神深渊。这类小说万万不适合老政治家在壁炉边阅读。因为这是一部令青年苦恼的作品，或者说是鼓舞青年的作品。海涅有妙语：歌德的文学不鼓舞青年，它在古典意义上再完美，也是毫无意义的。对艺术的两个相反的要求降临在人生两侧，即在无风无浪的和平年代孕育登峰造极的艺术，而这登峰造极的艺术，却无法陶醉不安的灵魂。这是一组矛盾。

关于政治

这种艺术上的矛盾会演变成为人生的大问。说穿了，这是一个缺少战争、开拓和冒险的时代，如今的我们已经无法随心所欲地去践行通过接触死亡发现生命的光辉，发现生命的硬度和强度。长此以往，人们无法在现有的松散颓靡的艺术形式中得到他们想在艺术中寻求的东西，便一下子冲破了艺术的范畴，成为过激的政治行为。人们很快厌弃了井然有序的社会，厌弃了现状，战争期间日思夜想的霓虹艳艳的繁华大都市，如今看起来不过是毫无意义的地狱，令人作呕。人们变得厌恶一切秩序，热爱起肮脏的残垣断壁。

有关艺术与政治的问题来了。原先人们通过艺术所寻求的东西，现如今已经冲破了艺术的范畴，蔓延到人类行为中系统性最高的政治行为当中。以前的政治行为并不全是这样的。政治分为两种。一种政治，出于温和、现实的目的，认为政治家的职责是不辜负人们的信任，维持市民生活的秩序，政治家的任务是听取人们的意见，改良社会的不足之处，缓步推进社会向前发展。另一种政治便是革命——用激进的方法一举解决社会矛盾所引发的种种问题，以期在变革后出现一个理想的社会。然而，变革所需的热情需要现实的前提条件，比如走投无路的生活、贫困、激化的社会矛盾等等。

现如今，这两种政治活动相互鄙视。维持秩序的政治家成为灰暗的既得利益集团的象征，无趣无聊，毫无魅力可言。再来看变革的热情，即便是在不存在贫困等社会矛盾的地方，也是一触即发。

有一种观点认为，纳粹是虚无主义的革命。其实纳粹并非脱胎于社会精英阶层的不满和虚无主义，纳粹得势是有深刻的社会根源的（比如庞大的失业群体、低迷的经济等）。纵览当前席卷全球的学生革命，显然缺少足以服众的理由，却波及全球，将所有城市都卷入动乱的漩涡。

就像把纳粹称作虚无主义的革命，人们不再囿于艺术的范畴，把本应通过艺术寻求的东西迁移到实际行动当中，把对"生"的不安投射到对社会的不安中，为了证实"生"而勉强自己接触"死"（比如搞一些武斗）。这种刻意的政治行为已经扩散到全球，我已经屡次提过，这是艺术政治化，政治艺术化。

我无法预测事情会怎么收场，不过我可以说一个简单的事实：在艺术上，即便杀死一百万人，也不过纸上杀人而已，一旦进入现实，杀死百万人可就是千古罪人了。可见艺术归根结底是不负责任的，而政治行动必须以责任为出发点。政治行动看重的是结果，即便施政者的初衷是中饱私囊，只要结果好，他就不会被追责。相反，动机再纯粹再高尚，一旦造成了惨绝人寰的后果，那么施政者就要为之负责。

现如今的政治状况，就是把艺术的不负责任带入政治，把社会当成剧场，把人生当成一场戏，民众都是电视机前的观众——正可谓政治艺术化，事实真相的严肃性与责任的严肃性都无从谈起。

东京大学安田城攻防战把大批看厌了电视剧的人吸引到荧幕前。借用一个英国人的说法，那是一个巨大的剧院。演员们粉墨登场，在墙上写下遗书："我要像樱花一般凋零！"也摆出要了结此生的姿态，结果一个人也没死成，全都举手投降，被抓了起来。至此大戏落幕，人们很快将之遗忘，回归日常生活。

没过多久，二月十一日日本建国纪念日那一天，一位青年在宪政纪念馆附近的僻静小道上自焚身亡。这里有严肃的事实和责任。自焚这种政治行为，是艺术所永远无法企及的。而对于达不到如此高度的政治行为，艺术将永远炫耀其优越性和权威性。我从自焚的江藤小三郎的行为中看到了"认真"二字，他的行为，是对梦想化、艺术化的政治的最强烈的批判。

何谓勇士

最近,阿兰·德龙主演的电影《武士》来日本上映,日本人这才明白,托"武士"这个词的福,自身的形象在西方人的心目中被理想化了,心中难免窃喜。往大了说,这是"日本文化走出去",换一个角度看,不少西方人脑子里的日本男性形象仍旧停留在"武士"层面。

我的一些小说被介绍到外国,不过老实讲,我根本没觉得外国人由衷欣赏我,这种感觉就像是被他们摸了摸脑袋:"一个远东的陌生民族,写的东西倒有点儿意思。"

有一次,我在一位英国贵妇面前谈起日本刀。贵妇问我日本刀怎么用,我便当着她的面,抽刀高举,一个斜劈,把她吓得面无血色,当场倒地。我这才知道,比起文学,日本刀更能震慑西方人。

对于我们,"武士"是我们先辈的形象,而在西方人心目中,则是"高贵的野蛮人"。我们应当为身为野蛮人感到骄傲。

荣格有云,美国人不在自己身上寻找英雄,他们心目中的英雄形象只存在于过去和他们打过仗的印第安人当中。

说到武士,我们立刻会联想到勇气。什么是勇气?怎样的人才是勇士？

最近闹得沸沸扬扬的金嬉老事件，最让我吃惊的不是金嬉老本人，也不是因他而起的恐慌，而是他所绑架的人质中那几个二十岁出头的小伙子。毫无疑问，他们是日本人，二十来岁，血气方刚，无疑是西方人眼中的武士。就是这些"武士"，前后四天，甚至在金嬉老泡澡期间，都没敢出手反抗。

我们生活在一个连蹭破皮都喊疼的时代。金嬉老巧妙地利用了这个时代及其舆论，从这个意义上说，他是个令人叹服的演员。而我们的社会送出四个连蹭破皮都喊疼的小伙子作为代表，和他配戏。

都说当今是昭和元禄。历史上的元禄时代曾出现过一类孬种武士。大道寺友山在《武道初心集》中写过所谓的"不勇者"：万事随心所欲，早晨赖床，中午嗜睡不起，厌恶学问，懈怠修炼武艺（相当于现在的体育运动），明明学艺不精，却好卖弄，抖机灵。迷恋女色，贪嘴贪杯，挥金如土，拿重要文件去典当换钱，拿公款恣意请酒宴客，人情世故上该花的钱却不出一文。成天大吃大喝玩女人，相当于自减阳寿，以致体弱多病，一切需要吃苦耐劳的事情都干不了，性格中的优柔寡断倒是渐长——是为"不勇者"，即孬种武士。

太平日子过久了，我们很快便忘了兵荒马乱的年代，忘在非常时刻男人应当如何处事。金嬉老绑架案虽然是地方性的小案件，但在将来，类似的案件或许会在日本大面积扩散，我们都将沦为金嬉老的人质——不过，这只是我的空想，当今日本几乎看不到有任何案发的迹象。再者，现在女人的势力把一切危机感都推得远远的。

居安不思危，是非常女性化的思维方式。因为女人恋爱、结婚、生子、养育，都需要和平的巢穴。和平，是女人生活的必备条件，为了这个必备条件，可以牺牲一切别的东西。然而，男人的思维方式不是这样的。居安思危的是男人，一旦威胁女人和平的时刻来临，男人的力量就显得尤为重要。现如今女人自信能以一己之力保卫和平，原因之一，是她们看透了男人靠不住——放眼望去，普天之下找不到一个勇士。

现如今的日本，所谓"顺应大势"，和战时体制下的美国不一样。不意味着要搞征兵制。顺应大势，是大家平稳度日，走成家立业的道路。那么，不顺应大势意味着什么呢？

三派全学联就是一个极端的例子。纵使学生们挥舞着棍棒，也不会受到《破坏活动防止法》的制裁，顶多拘留一两天。警察们虽然都是虎贲，也不会开枪射击，任凭学生们挑衅，也不使出狠劲。两者的关系就像幼儿园里的孩子和保育阿姨。

所以说在现在的日本，勇士没有办法证明自己是勇士，懦夫也不用担心会被人一眼看穿。说到底，生死关头才能检验一个人的勇气，而我们生活在一个绝对不能向人展示自己生死关头的年代。嘴上说着"为了XX而死""拼上性命"，是真心实意还是耍嘴皮子？在这个年代无从求证。

我每次回过头去阅读《武道初心集》，都觉得要判断现在的青年是不是勇士，必须另辟蹊径。无论是否身处危难，真正的勇士都将秉持一以贯之的行为准则。男人应当回归男性的根本生活，即心中常怀危机感，在日常生活中严格要求自己。

男人若要在和平年代找到生存理由，那就必须把男人该干的事情放在一边，去帮女人的忙。如果说危机感是赋予男性的一种精神上的功能，那么男人的生活、男人的肉体必须时时保持紧张，就像一把拉开的弓。街头巷尾，我见过太多涣散的眼神了，当然也有可能是我多虑了。

早年著名意大利小说家莫拉维亚来日本访问时，跟我说过一句话：

"日本到处是年轻人。我去东南亚转了一圈之后来到日本，看到这里的年轻人特别像战士。这一点特别让我吃惊。"

何谓礼仪

剑道始于礼，终于礼。行完礼，接下来要做的事情就是攻击对方的脑袋——男人的世界就是这样的。礼仪实际上是战斗的前提，而讲究礼仪，尤以剑道为最。这又是为什么呢？

男人的战斗是从礼仪开始的，正如古时的骑士道。礼仪当然有道德的因素，同时也是体育竞技的规则。不遵守规则的竞技行为遭人唾弃，违规者也将被判败北。

男人的礼仪，目的并不在于顺从对方，对对方唯命是从。在当今时代，礼仪是人际交往当中首当其冲的第一关卡，可是世上还蔓延着一种奇怪的迷信，认为坦诚相待就会让对方敞开心扉。美国商人的坦诚中不知道暗藏了多少陷阱，冷不丁拍拍肩膀、嫣然一笑等美式做派极具欺骗性，日本人立刻上当，敞开心扉谈生意，招致意想不到的损失，这种例子不胜枚举。其实野心家才应该遵守规则，就日常的人际交往而言，只有在平时遵守礼仪，万一哪天喝醉跳了一段脱衣舞，也会被认为是敞开胸襟之举，从而博得对方信任。倘若平时就是一副吊儿郎当的样子，你再敞开心扉，对方的心里也不会泛起任何波澜。礼节保持男性的威严，礼节背后是此人自然舒展的性情，将令对方产生信任，使人在商战当中立于不败之地。

现在的人打电话，水平之低劣令人咋舌——措辞粗疏简陋，不考虑对方的感受。整个日本都是这个德行。举个小例子，经常有电视台、广播电台的人来找我们这些小说家，有意把我们的作品改编成剧本上演。电话里他们一般会说："我们决定录用您的作品。"这个词在学生当中也相当普及。有的学校举行一两天的演出，有时候也会录用我的作品。用我的作品演戏罢了，又不是公司招人，谈何录用？

话语的细节是礼仪的核心部分。如果把礼仪比作一扇门，讲究的措辞就好比在门的铰链上添加润滑油。而如今，没人去添润滑油，以至于礼仪之门在开合时吱呀作响，刺耳难听。再举一个不会说话的例子。某大学生来见我，聊了一个多钟头，准备回去了，回头跟朋友说："时间差不多了，我们就此分别吧。"我目瞪口呆。大概他想说"告别"吧。

觉得人与人之间可以肝胆相照，那是大错特错。不管多亲的朋友，不管多熟的故交，都留存着相互不能理解的部分。语言是连接两者的桥梁，这座桥上必须有相应的设施和装饰（栏杆、拟宝珠），否则就称不上是桥。

这些装饰就是礼仪。从这个角度讲，军队是礼仪的天下，在军队里，一切都必须遵守严格的规矩。种种规章制度，保证军队运转顺畅无碍，这是其一。再者，军人行动敏捷，遵礼守纪，也能凸显出其男子汉气概。

一个人身穿花里胡哨的衣服，扭着身子说"ciao"，另一个人肃然直立，行举手礼——这两者之间的差别，大过民主主义和军国主义之间的差别。因为它揭示了两个对立的命题：断绝沟通，还是促进沟通。

假如我们的日常生活中没有丝毫军事性的成分（比如朝着明确的军事目标开展行动），那么礼仪也就没必要存在了。一个人如果愤世嫉俗，与世隔绝，不和任何人来往，那么也就不必说什么"早上好"，道什么"谢谢"了。

说来有趣，那些搞政治运动的学生反抗政府，反抗权力，对大学校长直呼："喂，说你呐！"——就是这样一群人，在自己人中间论资排辈起劲得很。这是为什么呢？人在江湖，自然而然会懂得：凡是存在人类统治力、权力欲的地方，就会被要求守规矩；好好守规矩，自己也能获得权力。

所以，即便是在所谓的"革新阵营"当中，人际关系的繁文缛节一点也不比"保守阵营"少。平时破口大骂政府的专家学者，在研究室里苛求自己的弟子"懂规矩"；端茶倒水的助手只因茶泡得不好喝，没少被穿小鞋，真令人感慨。

可见男人的世界跟体育竞技差不多。在遵守规则的前提下一争胜负，当然也涵盖了最根本的争斗。然而，在女人的世界中，根本性的争斗——即所谓的权力之争比较少，所以违反竞技规则的情况比较多。这或许是因为违规并不会威胁自身的生存吧。

日本外交官夫人的圈子礼法森严，是因为这些女人受政府指派，作为外交官夫人出访，照搬了男人世界的规则。最近很火的描写古代日本后宫生活的影视剧和小说，反映的也是这样的情况。放眼平常百姓家，太太们躲在自家男人身后（难怪可以尽情地对老公大放厥词），除了和老公工作相关的场面，其他场面上的礼数糊弄糊弄就过去了，通常不会危及自身。

可见，礼节是自我保护的盔甲。可以说不需要遵守规则的人就不需要礼节。这种人是叫他们动物好呢？还是称之为天然率真好呢？仁者见仁，智者见智。

在我的观念里，让男人俊美的，正是礼节，正如上浆之后挺括的武士礼服，英姿飒爽。有一年盛夏，我去熊本县有名的剑道道场龙骧馆，目睹了难忘的一幕——少年们对练完毕，汗如雨下，端坐在神龛前，学长级的少年一声号令，齐齐行礼。那一嗓子"神——前——"，清冽如裂帛，一下子驱散了暑气。我亲眼见证了礼节令年轻人俊美，而那些生活在不拘礼节的世界里的年轻人，又是多么地缺乏魅力。

关于肉体

在日本人的观念当中，肉体向来是次要的、第二位的。日本既没有维纳斯，也没有阿波罗。一直到江户时代，日本人对女性肉体的审美才渐渐脱离观音像一般的中性美，转移到欣赏女性真正的性感上来。喜多川歌麿的美人画就反映了这种转变。

难道说日本人不爱性感的女人么？其实不然。在飞鸟时代，女人以丰满的肉体撩拨着男人的心弦。更不用说《万叶集》中的女性，令人联想起女性淳朴的魅力和现代农村女性那蓬勃的朝气。到后来的平安时代，女性的肉体变得非常纤弱，甚至可以说畸形。在那个时代，文化极度繁荣，人们偏好经过人工雕琢的女性美，这一点和十八世纪风靡法国的洛可可艺术不谋而合。洛可可时期的贵妇要穿极度紧身的衣服，服装对人体的束缚达到登峰造极的地步。全社会的风气如此，赤身裸体者必然是怪异可怖的。

然而，法国和日本之间，或者说欧洲和日本之间的差异在于，是否能够将把肉体看做超越肉体之物的化身。大家都知道，古希腊有柏拉图哲学。人首先迷恋肉体之美，然后通过肉体之美，迷恋上更高层次的理性。然而，人要到达这个境界，就必须先过肉体之美这道门——这便是古希腊哲学的基本思想。

再来看日本，佛教否定现世，也否定肉体，不仅不把肉体本身当肉体看，也决不把肉体看做超越肉体之物的化身。说白了，日本不存在肉体崇拜。

日本人心目中的美，或是人的美貌，或是人的气质，或是美丽的衣装，或是精神上的美，也有可能是仿佛《源氏物语》中美女一般散发的幽幽暗香。都说日本人不懂情调，其实气氛比形体更令日本人兴奋。谷崎润一郎的文学受此民族性和文化的熏陶，虽然起步于崇拜肉体的西方传统，最终也回归到《刈芦》中所展现的，包藏于古代日本丝质和服中、布满朦胧阴翳的女性肉体美。谷崎回归日本传统，此举非日本人不能为，依我说，也有点不得已而为之的意味。

相比女人，男人的肉体更是被忽视。女人的肉体至少是赞美的对象，然而这种赞美不带肉体崇拜的意味，因此达不到《旧约》中所罗门所作《雅歌》的境界（《雅歌》将女性身体的各部位进行了极其细密的象征化和诗化）。与此相对，在人们的观念中，男性的肉体应当是遮掩起来的，应当包藏在精神之中，男人要显得有威严，肉体必须包藏在威风凛凛的衣裳里。这里头中国文化的影响当然很大，在日本，只有车夫马夫，或是下贱粗鄙的人才赤身露体。一身肌肉疙瘩的男人被看做下流社会的劳工，女人倾吐绵软情话的对象仅限于那些纤弱无肉的男子，这些观念普遍存在于近代以前的亚洲各国——因为男人阳刚的肉身意味着他经过了劳动的磨炼，而生产劳动并非贵族和上流阶级所为。日本人的行动哲学极度偏向精神的理由在此可见一斑。

在古希腊，肉体本身就是美的，人们甚至认为美化肉体等同于提升精神气质。而在日本，精于武道者认为修炼武艺和美化肉体完全是两码事，更看重其精神价值。无法想象宫本武藏的肉体是怎样的。他是境界深幽的求道者，同时作为一个武术家，他拥有超人的武技——在人们心目中，他是哲思和武技的结合体，两者无需肉体作为中介。

我觉得，二战后从根本上改变日本人肉体观的是美国。美国虽然谈不上复兴了古希腊精神，但确实是肉体至上的社会。美国公司的高管，身高必须超过多少英尺，美国的大学生，牙齿必须整齐，否则做不到美国社会反复要求的"微笑"，没资格走上社会。甚至有个别大学生因为牙齿不美观，在家长劝说下，把满口牙齿都换成了假牙。

将来电视媒体会越来越发达，镜头捕捉到的人物形象瞬间传出千里，接受观众评头品足，以至于连美国总统也整容，费尽心思追求良好的出镜效果。这些是美国的肉体至上主义的必然结果。不论你喜不喜欢，这个看脸的社会必然陷入肉体至上的泥沼。我认为，这种肉体至上主义是柏拉图哲学的堕落。

长相俊美，并不保证精神也健全。古希腊格言"健全的精神寓于健全的身体"其实是误译，正确的翻译似乎是："健全的精神啊！请扎根于健全的肉体吧！"这也恰恰证明了自古希腊以来，人们一直苦苦思考灵肉之间的矛盾纠葛。

肉体至上主义引人崇拜肉体，同时也引人侮辱肉体，出卖肉体。美丽的肉体未经崇拜，就被当做商品出售，沾染了浓浓的铜臭味。纵览玛丽莲·梦露的一生，就是一个女人将美丽切成小块零售的悲剧。

我们目前夹在两种极端文化的中央。在我们心里，一方面残存着蔑视肉体的精神至上主义，一方面也受到美国舶来的浅薄的肉体至上主义的影响。在评判一个人的时候，我们都在迷茫该用哪把尺子衡量。我想，我们能够很自然地想到，即便是男人，也必须通过具备健全的肉体来提升精神，通过修炼精神来提升肉体。

奥斯卡·王尔德在《道连·格雷的画像》中所说的，精神上的病用肉体医治，肉体上的病用精神医治，当时被认为是无稽之谈，现在已然是真理。也可以理解为精神上的病用肉欲医治，肉欲的病用精神医治。

肉体容易遭人误解的最大原因，是肉体之美摆脱不了性感之美。这正是人类的宿命，不仅如此，也是"美"这个观念的宿命。

关于信义

　　最近的年轻人，时间观念极差，而且频频爽约，令我惊诧不已。时间和约定本身并没有多大的意义。约好三点见面，结果三点半才来，日本也不会因此灭亡；约好礼拜五的五点见面，结果忘了没去，日本的股市也不会因此暴跌。毕竟是在象牙塔里念书的人，还没有认识到自己是社会大机器中的一枚小齿轮，自己觉得是天大的约定，其实根本推动不了社会发展。

　　这种人走上社会之后，成长起来，独当一面，才逐渐意识到自身所扮演角色的重要性，却又夸大这种重要性，自视甚高。比如那些在政府部门给人办事的，明明身居末职，却爱颐指气使。学生时代越是不守时、爱爽约的人，走上社会后就越是满足于自己"社会大机器中的小齿轮"的身份。

　　约定和时间本身没那么重要。我们守约守时，并不是因为爽约会导致世界末日。话说回来，军队里的情况则不同。军人守时，是因为不守时会输掉战争。举个例子，我军预定于下午三点占领对面山丘，"下午三点"这个时间是司令官综合考虑多方信息（我军的行军速度、人员和火力配置等）而得出的最佳出击时间。如果不能在这个时间克敌制胜，结局说不定就是在敌军制定的时间里被一举歼灭。时间关系到生死存亡，军队的守时作风是出于明确的军事目的。

现实社会也是依照时间运行的，只是没有军队那么极端罢了。只因晚了半个小时，就错过了几千万的合同；历时多年的苦心研究，就差了那么一点点时间，被竞争对手抢先公布。社会上这种事屡见不鲜。

若是几个人为某件事而竞争，总会变成以时间定胜负。胜出者会签署叫"契约"的东西。契约，是写在纸上的约定，诸多约定中就数它最为复杂。都说西方社会是契约社会，白纸黑字的契约规定了一切。

日本也有条款细密的契约，但仅限于房屋租赁合同之类，在别的方面，比如出书，我和日本的出版社之间有个口头约定就行了。然而在美国，契约往往有好几页，密密麻麻地写满了各种复杂繁琐的条款，把所有可能发生的危险、违约和背信行为通通列举出来。不需要契约的社会简直就是天堂。人心叵测，人性本恶，是契约产生的原点。

契约和法律的宗旨，是用约定的方式封印双方身上一切预想得到的"恶"，然而，只要在约定容许的范围之内，人就可以干任何坏事。关于契约还有别的观点，甚至有学说认为，真正的现代契约社会，只要双方达成一致，契约就算成立，无需白纸黑字立此存照。在理想的契约社会中，人们舍弃了签字画押的手续，自觉遵守契约。只要守约的精神深入人心，就能保证社会顺畅运转，可惜不是所有人都有那么高的思想境界，种种难题由此产生。

时间和契约是约束人们社会生活的根本性的东西，有着重要的社会意义，所以我们必须遵守——这是一种功利主义的观点。举个例子，上班族到了公司要打卡，否则年底拿不到全勤奖。守时守约的功利性在这里表现得最为露骨——不守时不守约，会直接影响生活。我认为，"遵守"这个词并没有体现契约的精髓。我想说的是"信义"。时间本身没有意义，约定也是虚无缥缈的东西，人的信义才至为重要。不管对方是内阁首相还是街边乞丐，对于讲信义的人而言，约定不分轻重。

上田秋成所作小说《菊花之约》，讴歌信义之美：一对相互信任的朋友，多年前约好在某时某地见面。到了约定之日，其中一人身在远方，无论如何也赶不及了，他为了赴约而自尽，魂魄飞到了朋友面前。这对朋友的约定只关乎友情和信义，双方都得不到经济利益，又没好处可拿，何必豁出性命？好像很愚蠢。然而我认为，约定的本质不在于契约社会的现代精神之中，而在于人的信义之中。对于每一个人而言，时间都是一去不复返的东西。

一九六八年六月的一天，是人类历史中唯一的一天，也是一个人一生中再也不会重来的一天，他生命中的每一分每一秒都不会重来。两个人约好了在一天当中的某个时间见面，一起去干点儿什么，不管是多么微末的约定（一起去弹子房，一起去蹦迪），其实都有千斤的分量。然而，只有当青春消逝韶华不再，人才会感受到时间之重，才会明白必须及时行乐，岂不可悲？

我在《熊野》这出戏中写过，一位实业家强迫情人随自己去赏花，其实这位情人因母亲重病而哀伤消沉，实业家为了让她开心，硬是把她带去赏花。在实业家看来，今年的花开胜景不会重来，在人生巅峰之时欣赏,正好可以辉映她的美丽。母亲重病何足挂齿?——赤裸裸的享乐主义主张。约定和信义,即便是为了享乐,也要坚守。因为快乐就像飞鸟的影子,一旦错失,就再也追不回来了。

　　说到目的是享乐的约定,最常见的就是男女约会。尽管是为了追求快乐而约定,有时候也会用上古罗马诗人奥维德在《爱的艺术》中介绍的种种爱的花招,比如故意放对方鸽子、姗姗来迟。就我个人而言,这些花招都必须建立在信义之上。我一贯讨厌不守信的女人,不管她有多美。因为我认为,缺了信义,任何快乐都是无法成立的。

论快乐

小时候，我读儿童版的《一千零一夜》时，第一次见到快乐这个词。这个词搁浅在我的心头，挥之不去——飨宴、女人、美食、美酒，尽是些孩子碰不得的东西。小说中的人物为了追求快乐，有时甚至不惜献出生命。

如此，快乐便在我心里扎了根，带着一丝模模糊糊的"少儿不宜"的意味。我隐约感到，快乐在根本上和性是相连的。至于性为什么意味着快乐，两者之间存在怎样的联系，孩子当然是参不透的。

《一千零一夜》的人物在灯红酒绿中体验了人生第一次快乐。但是，至少在现代社会，不可能有这种好事。对于男人来说，性绝不是快乐，而是不安、恐惧和孤独，以一种神秘、可怕的面目袭来。把性和快乐联系起来，需要走过很长一段路——因为在现代社会，快乐的条件之一是要有钱。

我们恐怕会为了把性和快乐相连而发奋工作，盼着有朝一日出人头地。现代社会强制性地把性变为一种义务，或是一种没有生命、没有温度的东西。要想摆脱这种状况，把性与美妙绝伦的快乐联系起来，人们就必须在严酷的生存竞争中胜出。

在我看来，现在的年轻人热衷于把快乐的要素从性爱中剔除。最近，一本杂志报导了一名与两位男士同居的女性。问到那名女性如何看待人与人之间的交流，她说了一番意味深长的话，大意如下：现在这个年代，杂志上写的是朋友的鸡零狗碎，电视上演的是朋友的家长里短，广播里放的是和朋友的对话，那么，我和人做爱又和这些有什么不同呢？关于这个例子，后面再讨论。

我最近看了一部叫《罗密欧与朱丽叶》的电影，非常不错。以往看莎翁的戏剧和电影，我总是忍不住打哈欠，态度不太端正。唯有泽菲雷利的这部电影，自始至终没有一丁点无聊，场景的过渡、行动的衔接，无不闪耀着生命的光辉和跃动。故事讲述的东西只有一个——热情。以往从来没有一部电影将司汤达的"激情之爱"演绎得如此淋漓尽致。这部分归功于男女主角——十六岁的少年和十五岁的少女，他们为电影增色不少。两个人刚见上面，少年二话不说，便急不可耐地亲吻起少女来，二人就像一对美丽的小鸟，"啾啾啾，啾啾啾"，亲个不停。这一幕毫无"快乐"可言，却洋溢着激情。盲目而无知的激情，是青春对于性的最佳态度。中年人说激情很美好，那是因为他们忘却了潜藏在激情中的苦闷。

恐怕在性爱当中，激情和快乐是相对立的，简单说来，年轻人的性的极致表现是激情，中年人的性的极致表现是快乐。可是现在的年轻人竟然企图将性从激情中解放出来。快乐需要金钱，年轻人望尘莫及，激情虽然是免费的，却要做好搭上性命的心理准备。既不打算搭上性命又没钱的年轻人（常常是事后吞服避孕药），最终只能获得末梢神经的快感，虚无而缥缈。这个社会只能赋予欲火炽盛的年轻人以衰弱贫瘠的性爱,难怪年轻人会有种种不满。

有人说全学联的行为是日本废止公娼的必然结果。错。公娼尚存时,日本人还是相当淳朴的。原本通过公娼排解性欲的年轻人懂得如何温存并升华部分激情。如今激情的源泉被封锁,我们只能去孜孜追求免费的快乐,即安眠药带来的快乐。白色药丸说贵也不贵,吞下肚子,沉浸于逃避现实的快乐中——一切性爱的形态与之越来越相像,可谓当代最大的危机。

那么快乐究竟是什么?相比西方各国,日本的快乐(花钱买得到的快乐)保留了一些亚洲特色,尤以花街柳巷为最。要我自掏腰包去逛花街柳巷,万不可能,倒是受人之邀去过。要切身体验日本人的快乐,这是绝无仅有的好机会——洗练高雅,充实满足,却没有任何意义。花柳界用地位和金钱来评判男人,艺伎把客人分为三类:客人、情夫和情人。对客人,她们提供快乐,对情夫,她们一半提供快乐,一半献出激情,对情人,她们献出激情,有时候甚至为之付出金钱。

如此精密运作的"快乐社会",在日本也如日薄西山。在银座的酒吧,早年洗练高雅的快乐已然不复存在。一流花柳界的风情格调、主客间风雅的对话、烟花女子刻意雕饰的妆容服饰和接客技术,乃至老年艺伎那份比妩媚妖娆更加醉人的老于世故等等,都是构成快乐的重要因素。

人确实能用钱买到快乐。叫上一个老年艺伎,再叫上一个中年艺伎,再叫上一个青年艺伎,再叫上一个小艺伎,令四人同时陪侍,女人所具备的一切要素——可爱、清纯、美丽、成熟、不失风雅的狡黠、超越性爱的韵味,将自己包围,仿佛置身性的万花筒,酒绿灯红，快乐之巅。

想进京都的"茶屋"，介绍人是必需的，有人介绍，意味着此人有钱有势。而年轻人若想接近这种"少儿不宜"的快乐，只有发挥自己的青春魅力，找机会成为艺伎的情人。这种年轻人我倒认识几个。

成为艺伎的情人，个中乐趣很独特，但并不神秘。这是一种站在幕后冷眼看世界的乐趣——这些女人阅尽世上权力和金钱光鲜外表下的丑恶，同时以此为生。做她们的情人，便可触及其真心。对于年轻人而言，这是最毒的快乐。这话从何说起？通过做艺伎的情人而获得自信的年轻人，将会先于别人知道出人头地的虚伪、愚蠢和无聊。而最最糟糕的是，这种快乐藏身于金钱和权力所换取的快乐背后，是所有快乐中最为低劣的残渣，享用它，就好比在酒店的豪华自助餐结束后，吃别人吃剩的上等牛排、啃了一半的龙虾。当然了，纵使如此，那其中也是能品出几分真心的吧。

论羞耻心

一般来讲，羞耻心是女性的特质。女人的美德需要羞耻心的滋养，女人的魅力需要通过羞耻心方可展露，就连维纳斯的雕像，也是遮住胸口站立的。而如今，这些都已是古老的传说了。

很少有人拿男人的羞耻心说事。日本男人如此富于羞耻心，堪称世界之最——这么说有些夸张。在我看来，普天之下羞耻心最为发达的，当数日本人和英国人。

英国人的态度往往是爱搭不理，拒人于千里之外，与素不相识者同处列车包厢，几个小时一语不发，从不开口搭话——或许是出于"约翰牛"的傲慢，也有英国人独特的羞耻心在作祟。英国人若身处一群陌生人当中，便会自觉地退居墙角，专注于倾听对方的谈话，直到有人问他看法，这才慢悠悠地打开话匣子。

我深深觉得，"二战"后，日本女性丢却了羞耻心，而男人更甚。我这么说，不光是在感慨世风日下，就连我自己，也不知不觉受了时代的影响，少了羞耻心。

初次意识到自己少了羞耻心，是在我妻子生第一个孩子的时候。当时我心中忐忑不安，坚守医院，不知道小生命几时降临人世。后来孩子生下来，我打电话通知父亲，却忘了投币，自然怎么也打不通。后来总算是投进硬币，电话那头竟传来父亲不悦的口气——要抱孙子了，父亲却一点儿也不开心。

后来我才知道，那是父亲的羞耻心在作祟。作为一个明治时代出生的男人，父亲拥有一种古朴的羞耻感，甚至觉得儿子去医院陪妻子生孩子都是丢人的，更何况我还从医院慌里慌张地给他打电话。传统的日本男人在妻子生产的时候，尽管心里不安，也应当和朋友在外饮酒，或者摆出云淡风轻的姿态。这不是看不起女人，而是男人在掩饰他的难为情（源自对纯女性领域的介意、敬畏和反抗）。明治时代的男人不屑与女人并肩行走，而是保持一段距离，为的是避免给人以好色的印象。即便是婚后，耻于和妻子并肩行走的男人也不在少数。

这种情况不单单出现在日本。战后，日本的社会舆论倾向于把我刚才说的例子看做封建余孽，而我记得有一部很久以前的美国电影里也有类似的情节。电影名字我忘了，加里·库珀任男主角，琪恩·亚瑟扮演一个争强好胜的疯丫头。电影里，加里·库珀屡屡遭到琪恩·亚瑟的求爱，虽然心中喜欢她，表面上却不予理睬，被强吻后，立马用手背把嘴唇蹭一蹭。在电影的最后一幕，琪恩·亚瑟吻了死去的加里·库珀，而他再也不会用手背蹭嘴唇了，琪恩·亚瑟悲从中来。现如今的日本小伙子被女人吻，我想没有哪个傻子会赶忙擦嘴唇吧。

男性的羞耻心说到底是跟男子汉气概相联系的。恋爱有一个不可或缺的要素，即不论二人如何相爱，都要守住分寸，收敛自己的情感。这一点影响着作风老派者的一切情感表达。故意装作讨厌对方,其实是爱的最高表现形式。现如今,只有在小学生身上才能见到这种行为。小男孩最爱刁难心仪的女孩子。刚满六七岁,就已有百年前明治时代男人的做派。

男男女女效仿美国人,追求爱情的极致表达,刻意摆出光明正大的样子。这个世道,就连女人的羞耻心都被认为是破坏男女平等的封建余孽。女人的羞耻心逐日淡薄,男人的羞耻心也像哈在玻璃表面的气,转眼就没了。不知从何时开始,不久前还在露骨秀恩爱的男男女女,如今竟失去了宝贵的第二性征,迎来了所谓的中性化时代。

羞耻心不光体现在性的方面。日本人在赠礼时会说:"一点小意思,不成敬意。""东西不好,但愿合您口味。"这种习惯也在慢慢淡出我们的生活。美国做派已经普及,毕竟我们生活在一个主张个人自由和权利的时代。

人们打着言论自由的旗号,大肆宣扬自己肤浅愚蠢的主张,把谨言慎行的美德忘得一干二净,在高谈阔论时(即便是谈论时政时)没有任何羞耻心。"二战"后的小青年每遇到有人发问,便滔滔不绝发表宏论,长辈们觉得看到了日本的新气象,看在眼里乐在心里。殊不知那种"宏论"我们年轻的时候也发表过,不同之处在于,我们年轻的时候有不可言喻的羞耻心,羞于在长辈面前发表管见——彰显自我的情感和自卑心理并存,心高气傲和自知之明缠斗不休,令我们逡巡再三。

观察现在的年轻人,会发现缺乏羞耻心与缺乏自省精神是相通的。有人给我发明信片,内容是这样的:

"你是搞文学的,一页里面竟然出现了二十来个错字,你是有多无知、多缺乏修养呀。赶紧订正吧。"

这位女性不知还有"旧假名用法"这回事，不仅无知，而且毫无反省之意。

且说人们对于"性"的羞耻心，依萨德侯爵所言，不过是地理学上的问题罢了。有些国家的女性认为暴露乳房是羞耻的事，而在另一些国家是以被看见私处，或者被看见自己的脚为耻。

卡萨诺瓦在阿拉伯世界的某个国家求爱，软磨硬泡整整一个晚上都没能揭下面纱吻到女人的嘴唇。事后卡萨诺瓦说起这次铩羽的经历，受到友人的嘲笑。原来，这个国家的女人是坚守嘴唇的，而下半身几乎不设防。在日本女性知羞识耻的那个年代，女人们反倒不惮于在人前袒露乳房给孩子喂奶，男女混浴也是光明正大的。

羞耻心不单单和身体部位相关，而是整个文化的问题，是精神的问题。我深信，恋爱会随着羞耻心的消失而消亡，同时我也认为，只要人类还存在，羞耻心终会改头换面，以另一种出人意料的形式表现出来。

接下来，我打算就嬉皮士的新型羞耻心展开研究。

论女士优先

有这样一位女士，她是东京某一流酒店老板的妹妹，"二战"前就在日本上流社会中间颇有名气。她常年生活在国外，在任何场合都要求女士优先。有一次，她在自家酒店的日式餐室吃日本料理，自己抢先端坐在上座，见服务员上菜时没有首先把菜端到自己面前，当场义愤填膺：这家酒店明明已经统一要求女士优先，为什么唯独日本料理非得男士优先？随后她下了命令，只要有女士在场，即便是日本料理，也要优先把餐食端到女士面前。据我所知，唯有这家酒店的日本料理是女士优先的。

我的一位同辈兄弟对于纽约的女士优先厌恶至极。走出餐厅的时候，按规矩男人必须给女人披上外套。他对此颇感生气，总是在给妻子披外套时，狠狠敲一下妻子的背，妻子很痛，也很为难。

我和我妻子有言在先。进日本料理店的时候我优先，进西餐厅的时候妻子优先——权当是个游戏，就轻松多了。可若是扯上了自尊心，事情就复杂了。女士先走，女士先上车，貌似尊重女士，殊不知这根本不是出于敬意，而是在保护弱者。说来也怪，竟然没有人意识到这一点，更别说对此表示气愤了。

西方男人从小就被灌输,和女士并排走路时,要让女士靠边走,自己走靠马路这边,这完全是下意识的。这个习惯形成于十九世纪维多利亚时代,当时的交通工具主要是马车,即便是首善之区伦敦,道路中央也遍地马粪,马车在泥泞之中行进。如果女士不靠边走,估计会踩得满脚马粪,长长的裙摆也会沾满污泥,所以脏的一侧自然就给男人走了。再来看美国,据说拓荒时期男人比女人多得多,女人作为性对象是非常稀缺的,以至于女士优先越来越极端。

反观日本,女士优先完全是无本之木,引入日本的不过是个空架子罢了。"二战"前的日本社会和古希腊差不多:女人守家,男人在外进行社交活动。其实不单是日本,"女主内男主外"的习俗即便在当今的西班牙也还是相当兴盛的,在拉丁美洲国家,源于英美的形式化的女士优先也并不流行。

话说回来,规矩就是规矩。既然西餐的礼节推崇女士优先,那就必须事事让着女主人,否则事情就难办了。

这就说到传统的问题。女性,尤其是当代日本女性,知道自己的自由之身是通过破坏传统得来的。在她们心目中,日本的传统一直以来钳制着女性的自由,多亏了西方的自由,尤其是美式的自由解放了她们,她们才得以走出家门,迈向社会。殊不知,不是所有的西方国家都是这样的。在拉丁美洲国家,晚上八点以后还独自在外行走的女人会被当成妓女。到了这个时间,良家妇女上街是必须有男人陪伴的。在现代社会,不少女性有了工作,女人独自走夜路也被社会所接受——这一点跟传统没关系,因为在战前,日本女性独自走夜路也不会招来非议。只不过有的时候路途凶险,这种情况下还是需要男人陪护的。

如今西方发达国家流行性爱自由，受其影响，日本的传统也好，西方的传统也罢，统统遭到破坏——如果这就是现实，那么我们必须承认，原本保守的女性充当了破坏传统的先锋。这难道不是自相矛盾之举吗？早年参加"蓝袜子"运动的新女性风靡明治末期的日本社会。她们呼吁女性解放，摆脱封建束缚，提倡自由恋爱，积极参与社会活动。战后，日本女性获得了选举权，当然是美国的占领政策所致，殊不知就连在战胜国法国，女性也是到后来才获得选举权的。

日本女性对待传统的态度是非常被动的，所以她们从来没有扮演过主动维护传统的角色。这一点我觉得甚至影响到了现在的礼仪。如果女性是积极主动的，那为什么没有萌生主动去维护传统的念头呢？

传统这种东西，不去维护，自然会毁掉，而且再也恢复不了。男人懂得传统的意义，所以从某种意义上讲，他们总是站在自觉维护传统的一方，具有一种强烈的责任感，即便觉得传统不好，也会去捍卫它。我个人认为，这就是日本男人保守死板形象的根源所在。且看女性，她们为了对抗男性，一味地通过破坏传统来寻求解放自身、追求自由的依据。要知道，这里存在一个悖论：女性在破坏传统的道路上越走越远，有朝一日传统终于毁了，而她们受到传统束缚时被动顺从的生活态度却依然没有改变——问题来了，传统已然不在，行为失去参照，难怪当今女性开始依样画葫芦，模仿起西方的传统来，并且硬是把男人也拉下水。最极端的例子就是开篇讲的那个上流社会的女人。她在吃日本料理时行西餐礼仪，毁了日本料理的好滋味。

战后，借助美国占领军，也就是男性的力量，日本女性获得了解放和自由。女性自己没出力，又该如何证明自己的力量？于是女性开展了所谓的和平运动。这场和平运动建立在情感的基础上，全程响彻"再也不要战争！""别把我可爱的孩子送上战场！"等歇斯底里的口号，由此拒绝了一切逻辑思维。然而，女性通过拒绝逻辑思维而获得的力量，仅适用于被动消极的领域。日本和平运动的缺点在于：情感诉求过于强烈，推动其前进的理论驱动力却非常薄弱，这也正是女性的特征。

下面是我的一点想法。包括行为规范在内，和平运动也好，政治运动也罢，假如是真正获得自由、积极主动的新女性，那就在这个不用再担心遭传统戕害的现代社会，好好审视以前折磨自己的传统，寻找它在新时代的意义，重新建构，进而向世界展示日本的传统之美。新女性应当主动承担起这个责任。

关于服装

凡是去过印度的人，都会见到印度人至今仍然顽固地穿着纱丽。纱丽真美啊！见到身穿纱丽的女性出现在豪华酒店的大堂，那一身优雅，令我不禁惊叹：古希腊的名妓出现在酒宴上的身姿，大概就是这样的吧。在外国人眼中，一切民族服装都是美的。然而美和方便是两回事。每次乘坐印度航空公司的飞机，空姐那一身纱丽都会吓着我——万一出现紧急情况该怎么办？明明可以逃过一劫的，结果不幸被纱丽绊倒，一命呜呼。这种恐惧感，比看到日本的空姐穿和服还强烈。不过此举也有可能是印度航空公司耍的心机：令乘客心惊肉跳，愈发凸显印度空姐的美丽。

日本人对"便利"二字基本上没什么抵抗力。自明治时代起，日本人就崇拜西方，还以不够便利为由，毫不犹豫地抛弃了传统服饰。

战后一段时期内，不论男女，很少有人穿和服。部分是因为和服都被烧光了。可就在最近，连男人都穿起和服来。只不过，和服这次是作为一种具有异域情调的着装回归日本人的生活，已不是早年日本人心目中实打实的传统服饰。正月期间走家串户拜年的女人们穿着雷同的白色和服，披着雷同的白色化纤披肩。再说和服的穿着，女人们早已忘了凭一己之力穿上和服的方法，必须有别人帮助。男人也忘了源自传统的对和服的自然亲切感，穿和服者要么出于叛逆，要么为彰显前卫，总之都是刻意为之。只有一小部分从事特殊职业的人（比如茶道、能乐、歌舞伎）仍然保持穿和服的习惯，和服相当于他们的工作服。单说和服衣带的系法，外行人刚系好就散了，而行家轻轻松松系几下，任你怎么折腾，就是不会散开。

如今社会太平，生活富足，人们渐渐明白了，服装真正的乐趣不在于随心所欲（穿什么，在什么场合穿，完全由着自己的性子），有约束感的服装给人喜悦，有强制感的服装蕴含着美。将这一点表现得最为淋漓尽致的，是军装。其他的比如男士晚礼服，在特定的场合下必须穿，穿法的巧拙，是否合身得体，一目了然。

现在，嬉皮士把一切习俗都还原成游戏，将一切时尚都化为不受任何权威、规矩、习惯约束的东西。这股风潮在我看来跟下面几点有关系：一是观光旅行，二是国际交流，三是异国情调的泛滥。我们在银座街头看见身穿印度纱丽的日本女郎，也不会大惊小怪了。当今时代，种种一无悠久传统、二无历史底蕴的格调，随心所欲信手拈来，大家已经见怪不怪。这时我们会重新认识到，服装这种东西，只有在某种社会制约下才有意义。在季节更替严格支配习俗的年代，"换季更衣"便是这些繁琐的习俗之一。早年只要入七月，不管天气多么冷，都不能穿有里子的夹衣，一直到我的祖父母辈，人们都还严格遵守这个习俗。习俗这个词，本身就带有规矩、界限、社会制约乃至道德的意味。早年的已婚女性都要染黑牙，单凭一口黑牙，连其肉体资格也被证明了。

现在专门谈一谈男人。我们生活在一个憋屈的年代，一流的酒店或者餐厅强迫顾客遵守刻板僵硬的西方礼节，比如不系领带连酒都没法喝。战争刚刚结束的时候，压根儿就没有这些繁文缛节。日本引入西俗始于明治初年，那时候，一切日本土生土长的东西都被当成是野蛮的。

日本一流酒店的泳池会写这么一句：穿兜裆布、带文身者禁止入内。字里行间透出偏见，即认为纯粹日本的事物都是低级下流的。那么，我们能不能规规矩矩穿上正统的和服，彻底约束自己的日常生活呢？答案是否定的，所以自然而然产生了一种双重生活——人们穿腻了西服，便用和服换换口味，就好比有钱人家有两辆车，一辆开，一辆把玩。事实上，定做的西服包含手工费，顶多十来万日元，和服的价格就不封顶了，三四十万也不稀奇。比如久留米碎纹布的和服，以前寄宿学生爱穿，现在一件质地不错的要四五万，学生根本穿不起。我爱久留米碎纹布，但做一件和服和小仓织布的袴，要费好大工夫。毕竟现在没人会去找这些传统的学生和服来穿。我这么做自有道理：以前风清气正的年代，人若到了我现在的年纪还在穿这类学生和服，会被当做有精神病，而如今和服也涨价了，年轻人穿不起，我这个年龄的人穿一穿又有何妨？

由此可见，和服根据穿着者的社会地位和与之相关的经济实力，可分三六九等，差别巨大。以前旅店的掌柜，看一眼客人的和服，就能看出此人的财力。现如今不买书不吃饭也要穿好衣服的年轻人越来越多，"以衣取人"不牢靠了。人们的身份象征已经从服装转到汽车、腕表等物品上。服装混乱不堪，正如我们的无阶级社会，由此我们得以避免阶级带来的偏见，甚至享受起阶级带来的快乐。

这也是一部分想穿晚礼服的男青年的心理。其实单就晚礼服而言，它也是有厚重历史的。必须穿晚礼服的人绝对不会穿牛仔裤，穿劳动服的人绝对不会穿晚礼服。现如今，我们托无阶级社会的福，想穿晚礼服就穿晚礼服，想穿劳动服就穿劳动服，自由切换。不论在美国还是日本，俊男靓女换上晚礼服，手挽着手，在早年上流社会的娱乐场所，享受早年上流社会才能享受的快乐。只要出得起钱就行。说来可悲，周围身穿一袭晚礼服享乐的人全是假冒的上流阶级——虽然是假的，却也因此免于上流社会种种繁文缛节的桎梏。

论长幼之序

最近，我在十九世纪法国著名文学评论家圣伯夫的随笔《我的毒药》中，看到一句令我毛骨悚然的话：

"我每次看到那些年过不惑的名人或遭遇挫败，或干出一些出格的事，或言行疯狂，就会想：青春虽然带着鲁莽和冲动，却是踏实而明智的。人生走到下半场，人反倒迷失了方向，变得轻浮。"

好久没读到如此震撼我心的句子了。我读书有个习惯，在中意的词句边划线，这句话我没有划，可见二十年前我初读这本书的时候，这句话没有打动我。如今我也过了不惑之年，顿时感受到其中蕴含的深深恶意。

长幼之序，到底是什么呢？依圣伯夫所言，难道是"踏实而明智"的年轻人尊敬"迷失了方向，变得轻浮"的年长者？正如"代沟"这个说法所体现的，早年的师徒之间、前辈晚辈之间的互敬互爱，如今早就被抛到了九霄云外，青年和中老年人之间的对话总是"鸡同鸭讲"。

最近，三派全学联代表、大学教师代表以及包括我在内的几位校友，总共十五六个人，出席了探讨东京大学问题的座谈会。教师们口气很是客气:"我们充分参酌各位的意见,正慎重研究,并且进行自我批评……"话还没说完,三派全学联代表就从桌子那头你一言我一语地笑骂起来:"说什么呐?狗娘养的!""少来这套!当我傻啊?"

我看不下去,请教师换一种口气:"难得学生们要求平等对话,那就请各位老师和学生平等对话,别那么礼貌客气,学生说狗娘养的,咱们也说狗娘养的。"那位严肃的教师立刻涨红了脸,说话的腔调判若两人:"那我不客气了。你们这是什么态度!去你妈的!"

人生有一点很可怕,那就是人的成长和成熟不是板上钉钉、必定发生的事情。我们积累更多的教养和学识,并不意味着就能获得更加安定平和的人生。我觉得"长幼之序"在年龄差别不大的人之间是有效力的。比如学校运动社团里前后相差一两年的学长学弟之间谨守礼节,看着就很舒服。

特别是武道上的礼仪,做学弟的若是稍有不周,说不定会遭到学长的一顿老拳——早年,这种类型的长幼之序全靠恐惧方得以维持。然而在现代社会,学校运动社团的长幼之序经常流于虚假。早年的运动社团严守长幼之序,只是社会大环境的缩影,由"长辈—晚辈"构成一道长长的阶梯,运动社团不过是一个小小的部分。而现如今的老人不安于受到尊敬,他们懂得使手段,先是把年轻人捧上天,然后拉下地,玩弄于掌股之上。晚辈(也就是年轻人)看透了老人的手段,也把立长幼分尊卑当做自己行走社会时趋利避害、出人头地的人生技巧来研习。话说回来,这种现象不是现在才有的,在战前就已存在。

追根溯源,敬老思想是农业社会的特质。农业技术讲究的是经验传承。预测天气变化，判断农作物收成，判断播种时机……一切看似没有规律的现象，经过长年累月的经验累积，就能明白农事是有规律可循的。往细了说，短期来看，自然的变化毫无定法可循，要从中摸索出规律，积淀成经验，并最终转化为实用的技术，需要漫长的岁月——一句话，必须要仰仗上了年纪的人的经验。于是乎，年轻人爱听老人言，谨守长幼之序，敬老爱老。

然而在现代社会，老人不可能是百事通，年轻人也不可能一窍不通。当今的老人最了解的，恐怕是娱乐圈的前沿消息吧。我妻子娘家已经去世的老祖母生前成天看电视，那些新歌手的名字，演艺圈十几岁歌手的八卦、他们爱吃的东西（"爱吃天妇罗，讨厌红豆蜜"），统统如数家珍。

我们迎来了信息社会，老人所扮演的角色，或许将是一味地接收信息。再者，信息社会的另一面，将是技术的发展，年轻人的领域将进一步拓展，使得老人的技术知识日显陈旧甚至无用。人要利用信息，则必须具备新的技术知识，而老人成天看电视，以至于他们的信息已经失去了价值——在这样的社会中宣扬长幼有序，是相当困难的。

再来聊一聊长幼之序流于虚假的学校运动社团。学弟被学长勒令跪坐一个小时，小腿疼痛，心里想着明年自己就是学长了，眼下的苦就忍忍吧，明年让新来的也尝尝这滋味——将当下的痛苦转化为快乐的期待，这种心态在早年的军队（无阶级社会的典范）里也能见到。

把军队当做无阶级社会的典范，感觉有些奇怪。殊不知战前的日本上有华族下有贱民，是个典型的阶级社会，只有军队自成一统，以独特的军阶抹杀了外界的阶级。当今日本没了阶级，年龄差成了唯一的梯度，以至于战后的日本迅速形成了老人社会。

军队里，受欺负的新兵幻想着自己成为老兵欺负新兵的那一天。眼下必须趁早尊崇老兵，否则将来自己成了老兵就没办法对新兵颐指气使了。再看刚才说的以年龄差别为基础的秩序，社会的变化使其不再可靠，更别说长幼有序了，将来我们很可能生活在全学连所主张的"彻底自由"的社会（除了自由，别的什么也没有）。不过我在这里做个断言，人不论生活在多么自由的社会，都会马上厌倦，于是搭建起台阶，自己先爬，让别人后爬，然后证明自己所看到的景色要比后来者看到的多那么几分。问题无非是这道台阶有多宽，是大家一起并排上去呢？还是只能排队挨个上？长幼之序显然是后者需要遵守的规矩。我们把台阶拓得再宽，也达不到撤掉台阶的境界。一旦遵守长幼之序的人变得越来越少，"年轻"在人们心中的地位必然会越来越高。

论文弱书生

我念高中的时候（当然是战争期间），骁勇的武断派学生在学校的辩论大会上指着我们说，在日本生死存亡的紧要关头，学校里还有一帮文弱书生，成天舞文弄墨，一副弱不禁风的模样，真真岂有此理。我心下暗骂你懂个屁，越发坚定了舞文弄墨的决心。万万没想到，二十多年后，我在这里会批评文弱书生。

不过，我可不想成为那个年代借权力和战争之名贬斥文弱书生的人。眼下文弱精神在日本蔓延，我不禁有了一种冲动：剖析我年轻时的心理，让人们明白所谓的文弱书生有着怎样狡黠的精神构造。文学是最适合逃避躲藏的庇护所，就像螃蟹藏身的洞穴。为什么这么说呢？因为文学讲究的是自圆其说，文学世界和现实世界没有任何关联，只要站在这个前提下，大可指点江山激扬文字。且看正宗的文弱书生，除了文学，别的一概不关心，除了文学，别的一概不下苦功夫，将仅仅容许存在于文学世界的不道德和放纵当成自己的生活理想，给人添麻烦还不知反省。

我一直觉得文学有令人丧失品格的危险，也数次目睹有人试图在文学中寻找品格和存在的理由，却在不知不觉间踩到陷阱。对于文学魅惑青年的危险，我是深有体会的。

在文学中寻找存在的理由的人，往往对于现实生活有所不满。他们不在现实生活中解决这些不满，而是追求另一个世界，觉得在那里问题会得到解决，便在文学中寻找起存在的理由或者品格。然而，能够满足这类读者需求的文学必定是二流文学，被二流文学侵蚀的青年们罪孽尚轻，中毒尚浅。二流文学在任何时代都是存在的，尽管没人在这些作家背后指指点点。

构思精巧的二流文学鼓舞人的精神向上发展——把人类的平均道德水准稍微拔高一些，给人生抹上些许亮色，编织美丽的谎言。"嗯，小说家说的话就是有水平。"二流文学给失恋的青年以希望，赋予失败的青年再次奋发的勇气，帮助为爱情失魂落魄伤心绝望的人超脱（"女人也就那么回事"），令穷困潦倒的人释怀（"金钱诚可贵，精神价更高"），安慰那些自认为身心俱弱的人（"弱者更接近人的本真"）——总之，这类文学宛如母亲或者老师温柔的手（偶尔也有严厉的一面），不少人通过它找到了自己的活法。这类文学必定兼具幽默和低俗的魅力，学校里学不到的东西，父母学长不教的东西，尽是些趣味性十足的内容。举一个最为低级的例子，那些少男少女阅读的所谓"小说"当中就能见到几例。小学三四年级开始，少女们便开始阅读这种小说，沉醉于朦胧的幻想和幻想中美丽清纯的恋爱中，虽然过不多久幻想就会被现实的风浪所摧毁，却能够获得坚强活下去的勇气。

而真正的文学不是这样的。我想提醒文弱书生，要特别留意真正文学的危险。真正的文学毫无遮拦地向人展示：人的一生充满了可怕的宿命。这种展示并非像游乐场的鬼屋，用一些恐怖的把戏吓唬人，而是通过美妙绝伦的行文、充满魅惑的描写向读者昭示——人的一生空无一物，人性的深处潜藏着无可救药的恶。越是优秀的文学，就越是孜孜不倦地告诉读者：人是得不到救赎的。若要从中寻求人生的目标，一条路是宗教，而优秀的文学却偏不充当通往宗教的桥梁，而是把人带到最为恐怖的悬崖边，然后弃之不顾。通过亲近二流文学找到自己活法的人不会有这样的遭遇，而那些接触到一流的可怕的文学、被带到悬崖边的人，明明没那份才情，也没做任何努力，也会产生"凭一己之力来到悬崖边"的错觉，除非他本身具备创作这类文学的才华。

这种错觉会派生出许多东西。纵使自己手无缚鸡之力，只是个文弱书生，没有任何力量，无法改变自己的人生，也改变不了世界——然而，自己所在的位置可以鄙视众生、嘲笑世人。感谢文学，虽然打起架来只有挨打的份，被所有人看不起，没有半点正义感，电车上见到有人抽烟也不会加以制止，路见不平更是不敢拔刀相助，却在一种奇妙的自大情绪中越陷越深，认为自己有权嘲笑人类。不经意间，他的目光常带鄙夷，放弃一切努力，动辄戏弄勤奋用功者，嘲笑真心和热情，对于超越人类的美丽事物、代表人类精神结晶的激烈而纯粹的行为轻蔑视之。

这种态度自然而然地流露在表情上，也体现在着装上。我从人群中一眼就能分辨出这类人。乍一看去，他们的目光是清澈的，但深处没有光彩，缺乏对于青年而言最为重要的那种纯粹的愚鲁和蛮力。他们成了隐花植物。

我比谁都清楚文学的毒，当然会努力避免，然而我作为职业作家，文学自然是不会放过我的，即便如此，我也要告诉那些不会成为职业作家的人文学的毒害。这便是我斥责文弱书生的理由。一直到后来我才体会到，仅仅是修习剑道，挥舞竹刀，也能令自己瞬间从虚无的泥沼中脱身——最单纯的行为就能够治疗这种"文学病"，这是我在饱受文学之毒戕害的青年时代过半时才领悟到的。我希望那些被文学热潮冲昏头脑的年轻人早日醒悟，至于其中个别并非后天染毒，而是天生携带剧毒的人物，大可启动他的作家生涯。

论努力

有一句谚语叫"天才即努力",大家也常把"玉不琢,不成器"挂在嘴边,在崇尚出人头地的社会,这些格言被奉为圭臬。当今竞争激烈,人人忙忙碌碌,挤掉别人,炫耀自己的努力,最后成了世俗意义上的成功人士。对于努力的价值,我们从未怀疑过,尤其在当今的日本。

自明治维新以来,日本就成了一个阶层剧烈流动的社会。阶级制度也是有的,但不存在英国的阶级固化现象。只要努力,谁都能上大学,最终成为日本的首相、大公司的老板或者军队的总司令。战后的日本社会本质上没有发生变化。日本人靠着奔波和惊人的努力,成就了世界第三名的繁荣。日本人看到别人在努力,自己是坐不住的,挤在狭小岛国上的一亿人口竞争倾轧,推动日本向前发展。

努力的价值从未被怀疑过——这一点正体现了日本这个国家的民主主义的性格。为什么这么说呢?因为努力是不带贵族色彩的。英国的贵族接受的是传统的绅士教育,看不起那些用功苦读的人。他们会进伊顿公学,学习绅士的基本教养和知识(点到为止),然后投身一切体育运动，涵养王者之风。这里重视的是先天的、与生俱来的优雅与气质，努力是不受重视的。

天才即努力可谓飞黄腾达者的哲学，描绘的是没钱没地位的人为了出人头地而艰苦奋斗的景象，其实是受人轻视的。举个最为极端的例子，社会上本无立锥之地的黑人，为了在世界拳坛崭露头角，付出血泪斑斑的努力。如今，英国的贵族主义被丢进了历史的故纸堆，受人唾弃。这里提到它，权当是为了让读者知道，人们对于努力的看法不是唯一的。

我反而想分清楚什么是休闲、什么是努力。有的时候，休闲比努力更加痛苦。那些天生爱劳碌的人，一旦卸下任务，就像鬼上身的人突然恢复清醒，反倒不知所措了。一些人几十年如一日，在公司或政府机关勤恳劳作，在工作中找到人生的价值，光荣退休后，却成了行尸走肉。我们的社会每天都在上演这一幕幕悲剧。退休的人侍弄花草，从事一些不痛不痒的兴趣爱好，假装安度晚年。面对失却努力方向的空虚人生，他们不知如何是好，只能通过瞎折腾，做一些毫无意义的努力来度过余生。然而，最痛苦的事情不在于努力本身，我们要知道，人最难以忍受的，是明明有能力却被限制，没有发挥的空间。

前阵子，百米短跑的十秒世界纪录被打破，新纪录是九秒九。人的努力——准确地说，是把自己锻炼成动物的运动员的努力，使得人类终于突破了自身的极限，攻破了十秒大关。那么，如果我们让这位运动员用十五秒跑完一百米，他会开心吗？如果我们告诉他，这不是偶尔的酒后助兴节目，从今往后严禁用九秒九跑完一百米，如果少于十五秒，就要蹲大牢，他会作何感想？恐怕他会崩溃，会发疯吧。说来也怪，人如果能够发挥百分之百的能力，反倒是生机勃勃的。若是能力受到压制，被迫从事远低于其能力水平的劳动，这无异于严刑拷打，个中煎熬远甚于努力发奋时的辛劳。

我们的社会以努力为美，结果很少有人提及一种酷刑——强迫那些有能力的人慢慢跑。我们的智力、体力蒸蒸日上，人长到十五岁，肉体已经成熟了。然而，我们的社会没有机会直接使用青年的血肉之躯，社会的主导权牢牢掌握在老人手里，能够跑十秒的青年全都被迫跑十七八秒。我们的社会单单崇尚努力和建设，在这个谎言的背后，有将最折磨人、最糟践人的事物强加于人的社会之力。

我们大可从这个角度研究学生运动。如今的社会把带有浓浓市民社会特色的伦理道德强加给所有青年："你们慢慢跑，要遵守秩序，只要顺从大人们的世界，保证将来能过上好日子，娶漂亮的老婆，有可爱的孩子，还有条件不错的公寓。这个社会的统治权总有一天也会交给你们。不过，你们还得再等个三十年。现在，你们就乖乖地学习，慢慢地跑吧。"当然了，学生必须有学生的样子，不学习的人也称不上是学生。而整个社会的节奏，却是让跑得快的人慢些跑，让跑得慢的人快些跑。

这恐怕就是当代日本社会扭曲的根本原因。一方面，年轻人拥有过剩的能量，要跑多远就能跑多远，却因为年轻被人瞧不起。虽说如此，也不能认为他们有才能而一味吹捧。日本社会沿袭明治时代以来的传统，强迫他们努力再努力。问题是再怎么努力，也无法打破社会的坚壁，人间悲剧就此发生："必须用十五秒跑完一百米"，年轻人学会了顺从。在那一刻，年轻人便放弃了使出全力的机会。

再来看另一个年龄层的人，所谓的管理层，跑一百米需要三十秒，甚至一分钟。他们肩负一个人难以承担的重任，尽管如此，也咬紧牙关加快速度，争取只用十五六秒——不，就算是天方夜谭，拼死也要跑进十秒，理由是："年轻人靠不住。"他们一心要为年轻人树立榜样，因此自我感觉还不错，秉持生命不息奋斗不止的人生观，过着拼死拼活的日子，直到有一天突发心脏病脑溢血，呜呼哀哉。

（1968年6月至1969年5月连载于《口袋里的潘趣，哦！》杂志）

SHIN REN'AI KOZA—MISHIMA YUKIO NO ESSAY 2
by MISHIMA Yukio

图字：09-2016-649 号

图书在版编目（CIP）数据

新恋爱讲座/（日）三岛由纪夫著；曹艺译. —上海：上海译文出版社，2022.2
（三岛由纪夫作品系列）
ISBN 978-7-5327-8938-2

Ⅰ.①新… Ⅱ.①三…②曹… Ⅲ.①杂文集-日本-现代 Ⅳ.①I313.65

中国版本图书馆 CIP 数据核字（2022）第 021842 号

新恋爱讲座	[日]三岛由纪夫 著	出版统筹 赵武平
新恋爱讲座	曹艺 译	责任编辑 李月敏
		装帧设计 柴昊洲

上海译文出版社有限公司出版、发行
网址：www.yiwen.com.cn
201101 上海市闵行区号景路159弄B座
上海信老印刷厂印刷

开本 890×1240 1/32 印张 7.5 插页 3 字数 112,000
2022 年 3 月第 1 版 2022 年 3 月第 1 次印刷

ISBN 978-7-5327-8938-2/I·5540
定价：45.00 元

本书中文简体字专有出版权归本社独家所有，非经本社同意不得转载、摘编或复制
如有质量问题，请与承印厂质量科联系。T：021-39907745